D’un autre monde

François de Grossouvre

D'un autre monde

Stock

Photographie de couverture : François de Grossouvre

ISBN : 978-2-234-09631-8

Pour Sofia

Chapitre 1

Il est 4 h 30 du matin. Nous sommes assis sur la banquette de la voiture de safari, emmitouflés pour nous protéger de l'air humide et froid. Paulo conduit vite à travers la nuit noire, en suivant les traces que nous avons laissées hier dans le sable de la rivière. Personne ne parle. Trois cafés et quelques cigarettes n'ont pas suffi à me réveiller, je suis enivré par le vent et les mouvements de la voiture. Dans une heure, nous marcherons vers les premières lueurs du jour, sans bruit grâce au petit sentier que nous avons préparé. Il nous guidera dans la pénombre jusqu'au grand mur de branchages construit pour cacher notre approche.

Le lion a l'air d'être seul. Quelques poils de crinière bruns et noirs sont restés accrochés sur le buffle que nous avons placé en appât. Nous l'avons entendu lorsque nous sommes venus voir la carcasse la première fois. Il était couché dans les hautes herbes, à une vingtaine de mètres. Je sais que nous ne l'avons pas surpris, il nous regardait approcher. Les oreilles couchées en arrière, son corps épousait probablement chaque reflet du sol, ses yeux jaunes fixés sur nous à travers la végétation. Il devait se demander quelle était la conduite à tenir. Il pouvait nous chasser ou se laisser glisser dans la brousse pour disparaître. Nous avancions vers l'appât et, à force d'hésiter, il nous a laissés approcher trop près, piégé par l'envie de défendre sa viande. Il a choisi de ne pas se laisser voir, mais de nous avertir tout de même.

Le rugissement d'un lion que l'on dérange, c'est un grondement caverneux suivit d'une déflagration en brousse comme en nous-même. C'est l'expression d'une puissance originelle, transmise depuis la nuit des temps, effrayante et familière. Cet avertissement est d'autant plus émouvant qu'il s'agit de la manifestation spontanée de son caractère. Il dit tout. S'il gronde pendant l'attaque, alors que chaque foulée le rapproche de sa proie, cela évoque l'assouvissement sauvage de l'action de chasse. Les longues plaintes de ses appels pour communiquer avec ses congénères se terminent avec le même son rauque, lancé au rythme de sa respiration, qui meurt doucement dans un paysage figé par l'obscurité, ou glacé sous la lumière de la lune. La silhouette des palmiers, le sable blanc de la rivière, le chant d'un oiseau de nuit et des insectes semblent exister aussi avec plus de force. Le lion stimule l'instinct de survie qui nous rend sensible et attentif.

Hier, son rugissement m'a libéré de la tension de l'approche. On sort d'une décharge d'adrénaline comme d'un rêve, étourdi par le retour à la conscience d'une réalité apaisée, mais avec une sensation de manque. J'ai regardé ses traces imprimées dans la poussière légère, nettes et précises. Je pouvais sentir encore son odeur, là où il s'était couché. Un parfum de cheval en sueur mêlé d'un sentiment plus métallique, celui de la viande et du sang.

Dix jours de recherche, de pistages, d'appels ; nous l'avions presque vu une fois, au lever du jour. Ses rugissements avaient répondu aux miens. Le son de ma corne de koudou partait fort et portait loin dans l'air froid de ce matin de juillet. Il semblait se rapprocher. Nous l'avions croisé en bord de rivière, il était passé tout près de nous sans que nous le sachions. Nous avions ensuite trouvé ses traces et décidé de le pister. C'est très difficile de suivre un lion. Si le sol n'est pas mou il ne marque presque pas. C'est un doigt qui laisse une petite forme arrondie là où il reste un peu de poussière, une légère différence de couleur au sol là où il l'a foulé, ou encore les herbes ouvertes dans le sens de son déplacement. Il faut beaucoup de technique et de patience. Nous l'avions pisté pendant sept heures. Il avait emprunté un *korongo* qui montait dans les collines. Ces petites rivières ne coulent qu'en saison des pluies et sont bordées d'une végétation très dense. Il y fait plus frais en milieu de journée et j'étais persuadé que nous allions le surprendre, endormi quelque part, à l'ombre. Malgré la chaleur, il avait continué à parcourir son territoire et sa trace nous avait emmenés sur le plateau où nous l'avions perdue, avec l'espoir de le voir enfin.

Je repense à ces aventures, assis sur la banquette de la voiture balancée par les longues courbes de la rivière. Nous distinguons la silhouette des arbres et celle du grand palmier devant lequel nous allons abandonner le 4 × 4 pour continuer à pied.

Madaba, qui a vu aussi la silhouette familière, demande à Paulo de ralentir. « *Pole Pole !* »

« *Simama… Zima !* »

La voiture glisse encore un peu et Paulo coupe le moteur. Nous gardons le silence quelques instants, comme si nous attendions que l'un de nous prenne l'initiative du premier mouvement ou de la première parole. Tous nos échanges se feront désormais à voix basse. Nous laissons la brousse reprendre contact avec nous. Nous n'entendons presque rien. Je sens une tension grandir en moi qui me noue les tripes. Je me lève doucement, enlève mon blouson de cuir qui me protégeait du vent. Dans quelques minutes je n'aurai plus froid. Nous sautons de la voiture, j'attrape mon arme et le contact familier du sable sous mes pieds me calme. L'action est libératrice et je pense à ce que nous devons faire pour voir ce lion.

Nous allons marcher environ 1 kilomètre pour parvenir au début de notre sentier d'approche. Il fait encore sombre, ce serait trop dangereux sans la rivière qui nous permet de progresser à découvert, jusqu'aux grandes pailles où nous entrerons aux premières lueurs de l'aube. Nous marquons une pause devant le petit papier blanc qui signale le début du chemin. Nous entendons les hippopotames au loin. Au bout du sentier nettoyé pour marcher sans bruit, il y a notre mur d'approche, à 40 mètres de l'appât. Aucun rugissement, toujours le silence, mais je suis persuadé que le lion est là. Il faut y croire pour avoir une chance de réussir. Nos mouvements doivent être lents, contrôlés et souples. Nos pieds doivent rejoindre le sol avec délicatesse.

Un hurlement de hyène éclate dans la nuit, juste dans la direction de l'appât, suivit par les appels inquiets des autres qui répondent au stress de leur congénère. Elle vient de se faire charger par le lion. Il est là. D'un coup, la lumière semble gagner la brousse, le soleil chasse la nuit et nous pouvons nous engager sur le chemin. Nous parcourons très lentement les 200 mètres qui nous séparent du paravent végétal. Sur mes talons, j'entends Madaba qui interrompt aussi sa respiration à chaque pas. Nous ne voulons perdre aucun son et nos muscles suivent le rythme imposé par nos sens. Nous nous agenouillons derrière le mur et j'écarte doucement le petit paquet de pailles qui obstrue l'une des ouvertures. La lumière arrive pour nous permettre de voir la scène, dont les tons gris se teintent bientôt de vert, de jaune et d'ocre. Sous la carcasse suspendue du buffle dévoré, l'herbe est devenue poussière tant elle a été foulée et griffée par le lion. Une hyène fait les cent pas, lève et baisse la tête pour essayer de voir où est caché son ennemi. Je prends mes jumelles et regarde chaque buisson, sans pouvoir le découvrir. Il doit être couché. Une deuxième hyène s'approche prudemment de la viande. Chacun de ses pas lui provoque une profonde terreur qu'elle surmonte, on dirait qu'elle joue à se faire peur, avec des semblants de départ, des sursauts, un mouvement brusque pour regarder derrière elle, sachant bien que le lion peut surgir de n'importe où. Alors que la faim la pousse vers l'appât, un mouvement attire mon regard vers les hautes herbes. Trois ou quatre fois, une tache noire passe et repasse avec une régularité de métronome. C'est la queue du lion, qui bat l'air au rythme de son cœur, alors que sa rage monte et explose dans une charge assourdissante qui le révèle enfin. La hyène court devant lui en hurlant, mais le lion s'arrête vite, calmé par la peur qu'il a inspirée. Il est à 20 mètres de nous, tendu par l'adrénaline il jette un regard circulaire qui s'arrête sur moi. Nous a-t-il vus à travers le mur ? Il baisse très légèrement la tête et se fige un long moment dans cette position caractéristique de prédateur. Puis, dans un élan spontané, il vient vers nous. L'amplitude de chaque foulée et le roulement de ses épaules contrastent avec l'immobilité absolue de sa tête et de son regard. Enfin il s'arrête, si près que je vois tous les détails de sa gueule magnifique. Il tourne la tête dans la direction des hyènes, semble oublier pourquoi il est venu et se couche mollement sur le sable assombri par l'humidité. Le vent est bon, il ne nous a pas sentis, mais il est tellement près... À 5 ou 6 mètres, un seul mouvement ou le moindre bruit peuvent nous trahir. Sa présence nous impose une immobilité que nous maintenons sans effort.

Alors que les premiers rayons du soleil réchauffent la brousse et ses couleurs, le lion commence à rugir. Les sons caverneux qui terminent chaque phrasé s'accompagnent d'un petit nuage de vapeur qui monte dans la lumière du matin. Il ne sait pas que trois hommes sont là, assis à quelques mètres de lui. Sous son menton la crinière est collée par le sang, des cicatrices noires soulignent son regard et témoignent de ses combats. Chaque rugissement est plus émouvant que le précédent, fait monter mon excitation et ma joie parce que je les ressens comme une manifestation de générosité. Le paravent qui nous sépare n'existe plus. Je n'ai jamais eu peur des lions, les fauves et la douleur sont ailleurs. Je veux rester ici, vivre au rythme des animaux et du soleil. Cet accord parfait ne saurait se prolonger jusqu'à étancher ma soif de l'entendre. C'est mon seul regret.

Chapitre 2

À l'âge de 12 ans, je restais caché dans mon affût pour observer les animaux sauvages. Je fouillais le paysage avec une vieille paire de jumelles Zeiss, dont le caoutchouc avait absorbé comme un champignon les odeurs de la terre et de l'herbe.

J'avais apprivoisé les bruits de la forêt et je ne rentrais à la maison qu'une fois la nuit tombée. Dans l'obscurité, chaque son me faisait tressaillir et libérait mon imagination. Après le coucher du soleil, j'étais témoin de la vie secrète de la campagne, lorsque les gens rentrent chez eux et que les animaux se déplacent à leur guise. Un renard s'approchant au petit trot faisait croustiller le tapis de feuilles mortes blanchies par le givre. Je frissonnais en devinant sa silhouette, un court instant, avant qu'elle ne se dilue à nouveau dans la nuit. Il y avait aussi l'heure des sangliers.

Parfois, lorsque l'obscurité était presque totale et que je m'apprêtais à quitter mon affût, je sursautais au son d'une branche morte qui claquait comme une détonation, puis d'autres qui se brisaient de plus en plus près, juste avant que les foulées courtes et rythmées par le souffle des animaux me parviennent. Galopant comme des chevaux de course, la compagnie arrivait et je pouvais distinguer les masses noires passer tout près. Ils semblaient être en retard pour un rendez-vous. Les sangliers courent toujours vers leur destination et j'attendais qu'ils soient passés pour rentrer à la maison. On apprend beaucoup dans la nature.

Je marchais vite au cœur de la nuit, comme un petit soldat, en levant bien mes pieds pour ne pas trébucher sur une motte de terre. J'essayais de ne pas allumer ma lampe. Mes yeux s'accoutumaient à l'obscurité et la lumière artificielle m'aurait gêné pour voir la silhouette des arbres qui guidaient mes pas vers la maison. Si la beauté est l'un des secrets gardés par la nature, il m'était confié au prix de quelques heures assis dans le froid, immobile pour ne pas être découvert, caché dans un paysage familier qui devenait merveilleux à chaque apparition. Un simple champ reste-t-il le même lorsqu'il est traversé par un renard trottant vers son terrier, une musaraigne dans la gueule ?

Il fallait tout de même rentrer à la maison ou aller à l'école. Heureusement, j'avais trouvé le moyen d'y être accompagné par les animaux en les dessinant sur mes cahiers. Je copiais les œuvres de Rien Poortvliet, publiées dans son grand livre *L'Arche de Noé*. L'artiste avait imaginé la vie de Noé pendant le déluge. Le brave homme devait forcément profiter de tout ce temps partagé avec des animaux extraordinaires pour les observer et les peindre. Je voulais faire comme lui et je savais dessiner de mémoire les grosses têtes de lion, au fusain ou au crayon gras, que le Néerlandais avait représentées avec des gueules expressives, la crinière collée par le sang, tels qu'étaient sans doute les animaux importés de l'Atlas par les Romains et qui bouffaient les premiers Chrétiens.

De tous les portraits amoureux qu'il avait peints, c'étaient les lions qui retenaient le plus mon attention : j'ai dû en dessiner des centaines. S'ils ne sont pas mobilisés par l'action de chasse, ils ont l'air fatigués, comme si leur corps devenait trop lourds, on dirait qu'ils souffrent un peu, gueule entrouverte, haletants sous le soleil. Ils s'effondrent plus qu'ils ne se couchent, mais dans leur regard flamboie toujours la puissance, promesse des chasses à venir, témoignage d'une énergie qu'ils préservent pour les grands moments de la vie. Les pupilles, minuscules points d'encre dans un cercle d'or, donnent l'impression qu'ils voient au-delà et à travers du sujet. Ils peuvent lire à volonté vos sentiments et même percer vos secrets. Rien Poortvliet avait peint la force, la confiance et la liberté en sommeil.

Comme beaucoup d'enfants très sensibles, j'avais trouvé un refuge pour échapper à la violence du monde. À l'époque c'était un moyen suffisant et j'étais peut-être encore rattrapable pour une vie normale. Je me sentais comme Noé sur son arche, qui passait son temps à peindre pour oublier le déluge envoyé par le Seigneur. Le déluge, c'était la misère humaine. À dessiner et observer la beauté et la force des animaux, j'étais protégé par la nature comme le Mowgli de Kipling.

Au fond, j'ai toujours cru en Dieu, même si j'ai souvent eu la sensation qu'il me laissait tomber. Je ne sais pas pour qui ou pour quoi les enfants prient en général. Je priais pour qu'Il me change en faucon. Si le Seigneur était vraiment tout-puissant il pouvait bien exaucer ma prière et j'offrais en retour ma place d'enfant de bonne famille à un autre. C'était un stratagème pour le convaincre : ma place ne serait pas perdue pour tout le monde. J'avais mauvaise conscience. Cet oiseau était ce qui pouvait me permettre d'échapper aux contraintes que je n'avais pas choisies.

C'est un coup de feu qui m'a fait basculer définitivement. Un coup de feu dont la déflagration a mis au jour le visage du monde, encore un peu caché à mes yeux d'enfants. Un coup de feu dans la tête de mon grand-père.

Ce soir-là, ma sœur et moi attendions le retour de nos parents. Comme il était tard, je décrochais avec curiosité. J'avais 14 ans.

« Bonsoir, c'est le palais de l'Élysée, je voudrais parler à PG.

– Bonsoir monsieur, il est au théâtre. »

En 1994, François Mitterrand était à la tête du pays. La présidence de la République n'avait pas l'habitude d'appeler la maison, si mon grand-père téléphonait il le faisait directement depuis son bureau, sans passer par le standard de l'Élysée. Je donnais le numéro de portable de mon père et raccrochais le combiné, inquiet et impressionné. Seulement deux heures plus tôt, mon grand-père était lui aussi au téléphone, avec un artisan qui réalisait pour lui des gravures sur une paire de fusils. Après avoir terminé sa conversation, il avait donné un chèque d'acompte à sa secrétaire pour qu'elle le mette au courrier. Elle était entrée dans son bureau pour lui demander de partir plus tôt. Il avait aussi envoyé à un ministre gabonais un mot et un bouquet de fleurs pour son épouse, écrivant qu'il se réjouissait de les retrouver pour dîner.

Mon grand-père, François, s'était occupé de la coordination des services de renseignement pour la présidence pendant plusieurs années ; il était conseiller spécial du président de la République et directeur des chasses présidentielles. Il avait développé de bonnes relations avec de nombreux chef d'États en Afrique, au Moyen-Orient et d'autres régions du globe. Il continuait à occuper son rôle et voyageait beaucoup pour des missions diplomatiques. Il servait son pays avec un certain classicisme et un sens de l'honneur hérité de la Résistance qui le mettait en porte à faux avec l'entourage du président. Les nouveaux politiques nageaient dans un affairisme glauque et violent, les scandales politico-financiers étaient étouffés les uns après les autres. Du génocide rwandais aux frégates de Taïwan, les assassinats et les morts suspectes se succédaient. Mon grand-père recevait des petits cercueils et des cibles en carton, avec ces mots : « On ne tirera ni trop haut ni trop bas ». Il était averti... Bien sûr, lorsque l'Élysée avait appelé à la maison, je ne savais rien de tout cela. Dans ma tête d'enfant je ne comprenais pas ce qu'il se passait. Le lendemain, mon frère surveillait que je n'allume pas la télévision. Je savais juste que mon grand-père était mort. J'ai appris la version officielle par ma mère, qui m'a chuchoté dans l'oreille, comme un secret, qu'il s'était suicidé.

À l'heure de sa mort, son garde du corps se trouvait dans une pièce voisine, il téléphonait en attendant que mon grand-père sorte de son bureau. Le chauffeur, qui s'inquiétait de ne pas voir son patron descendre à l'heure pour se rendre au dîner, est monté. Ils sont entrés dans le bureau où ils l'ont découvert assis dans son fauteuil, la tête renversée en arrière, un.357 Magnum encore dans la main. Dans sa déposition à la police, le garde du corps ne déclare pas avoir entendu de détonation, bien qu'il se trouvât dans le bureau voisin, mais simplement être entré avec le chauffeur car ils venaient aux ordres. Des années plus tard, il changera de version : il a finalement entendu le coup de feu. Je ne pensais pas qu'un homme du GIGN affecté à la sécurité d'une personnalité pouvait entendre une détonation depuis un bureau voisin de l'homme qu'il protège et ne pas s'en inquiéter. Encore moins oublier de le mentionner lors de sa déposition à la police, qui n'a pas jugé nécessaire d'interroger ceux qui travaillaient à l'Élysée ce soir-là. On saura par contre que le corps présentait une luxation antérieure hémorragique de l'épaule gauche. Cette lésion dans une région de prise, pouvant être occasionnée par une torsion arrière du bras, n'a pas attiré l'attention du procureur. Les médecins légistes ont écrit dans leur rapport : « Aucun élément ne va à l'encontre d'un suicide. ». Ce commentaire n'avait rien à faire dans un rapport d'autopsie. Cette luxation problématique a été découverte par mon père lorsqu'il a eu accès au dossier. Des explications plus ou moins vaseuses ont ensuite été avancées pour la justifier. Nous n'avons jamais su qui était l'homme toujours en bas de chez nous, assis dans sa voiture, qui nous suivait lorsque ma mère m'emmenait à l'école, ou cet autre que nous avions surpris un après-midi sur le palier, en train de trafiquer notre ligne de téléphone, parti précipitamment lorsque nous lui avions demandé sa carte professionnelle. Lorsque je suis retourné au collège, j'étais inquiet, mais je savais que les professeurs me protégeraient. En fait de protection, j'ai découvert que la curiosité malsaine prenait souvent le pas sur le professionnalisme et l'éthique, que la misère n'est arrêtée par aucune position sociale. J'ai passé le dernier trimestre de l'année scolaire dans un collège anglais.

Lorsque je suis revenu, rien n'avait changé. La liberté commence par celle de choisir ses maîtres. Je ne voulais plus voir ma confiance trahie, il me fallait trouver d'autres personnes pour apprendre.

Quelques années plus tard, les albums photos illustrant les safaris de mon grand-père me montraient les décors d'un autre monde sans m'en dévoiler les mystères. J'étais impressionné par les visages bronzés et souriants de ces hommes qui vivaient si loin de ce que je connaissais. Les photographies montraient les paysages magnifiques de Tanzanie, la faune, la flore et mon grand-père qui posait à côté d'animaux que je n'avais jamais vus mais dont je connaissais tous les noms. J'avais dévoré l'encyclopédie de Félix Rodríguez de la Fuente, un grand homme qui réalisait aussi des documentaires animaliers pour la chaîne de télévision nationale espagnole. C'était l'époque où les chasseurs fauconniers luttaient pour réintroduire les faucons pèlerins décimés par le DDT.

J'aurais pu en rester là s'il n'y avait eu les objets et les trophées de chasse qu'il avait rapportés de Tanzanie. Grâce à eux, j'ai effleuré du bout des doigts la réalité de ces voyages. Ces souvenirs étaient entreposés dans une ancienne bergerie aménagée. Un loquet fermait la double porte en bois, peinte en rouge. En le soulevant j'entendais le claquement du fer résonner dans la pièce. Une petite fenêtre ne suffisait pas à faire entrer la lumière pour éclairer ces trésors. Le son des interrupteurs retentissait dans la grande salle : en les actionnant l'un après l'autre je voyais sortir de l'ombre les animaux et les objets exotiques. Cet écho de pièce vide contrastait avec la quantité de souvenirs qu'elle abritait. Pas de tapis ou de meuble, aucun aménagement autre que les animaux et les sculptures, accrochés à l'abri du regard des visiteurs de la maison et même de la famille. Cela me donnait l'impression d'entrer dans un lieu interdit au non-initié que j'étais. Je rentrais prudemment sans savoir si j'avais le droit d'être là. Un léopard naturalisé se relevait pour faire face à une hyène imaginaire. Il ressemblait à la sculpture de Barye *Lion au serpent*. La pose mettait en valeur ses muscles. Le garrot sorti, la tête inclinée vers le bas, les oreilles aplaties en arrière, la queue rabattue sur le flanc, il se rassemblait sur lui-même, surpris sur sa proie par l'arrivée d'un ennemi. Je parcourais du bout des doigts sa robe pour m'imprégner de chaque détail. Dans une niche creusée dans le mur, une grande sculpture en ébène représentait une femme massaïe. Je posais mon nez dans son cou pour sentir l'odeur du bois si étrangère au monde dans lequel je vivais. C'était un parfum minéral à son approche, puis végétal par le léger accent de fumée qui le soulignait. Odeur de feu de bois, de miel, un parfum doux comme du sable fin chauffé au soleil.

Un carquois en cuir cru rempli de flèches empoisonnées était accroché un peu plus haut, avec son arc bandé par une corde en tendons de girafe. Quelques rares évocations de la brousse par mon grand-père se mélangeaient aux aventures que j'avais lues dans les livres. Guerriers massaïs chassant le lion à la lance, charge de buffle, poussière, chaleur, sourires, odeurs de brûlis, de fruits, bracelets en poils d'éléphant, grandes pailles, sang, Tsavo, lions mangeurs d'hommes…

À 18 ans, j'ai abandonné mes études pour partir en Afrique. En arrivant, j'ai voulu approcher la brousse à travers ces histoires et ces objets qui avaient alimenté mes rêves ou attisé ma curiosité. Je voulais savoir de quel bois on fait les arcs, avoir un bracelet en poils d'éléphant au poignet, savoir à quoi ressemblait l'ébène sur pied, voir les animaux bien sûr, tout savoir sur la mouche tsé-tsé, tout savoir sur les lions mangeurs d'hommes.

Chapitre 3

« Jeune François, vous êtes le petit-fils de mon regretté ami et cela me suffit. Prenez contact avec Sophie pour les détails de ce voyage. Cordialement, Gérard. »

Cette réponse était tapée à la machine sur un papier à en-tête du consulat général de Tanzanie.

Gérard l'avait signé au feutre noir, d'une écriture anguleuse, claire et penchée. La concision de ces quelques mots m'ouvrait en grand les portes de l'Afrique. Ils étaient d'autant plus émouvants que c'était la volonté d'être fidèle à la mémoire d'un ami, sans concession, qui motivait sa décision.

Gérard était tombé amoureux de la Tanzanie dans les années 1970. Il avait appelé le président pour lui dire qu'il voulait se mettre au service du pays pour y développer le tourisme et travailler aux relations entre la France et la Tanzanie. Le président lui avait répondu qu'il ne pouvait pas le payer. Ce n'était pas grave, il demandait juste d'être averti si un jour la chasse rouvrait.

Dix ans plus tard, le gouvernement avait changé mais les Tanzaniens ont tenu parole. Alors que le Kenya voisin avait interdit la chasse et se concentrait sur le développement du tourisme de masse sur quelques parcs nationaux, la Tanzanie créait des réserves même là où les safaris-photos étaient impossibles. Ils ont progressivement donné en gestion à Gérard des zones dans l'une des régions les plus préservées au monde, plus de deux millions d'hectares, soit la moitié du Selous. C'était le sens premier de la conservation par les safaris de chasse : réduire au minimum l'impact environnemental en ne chassant que dans une partie de cette immensité, et maintenir en réserve intégrale le reste du territoire dont il avait la charge. Les Tanzaniens avaient confiance en lui, ils savaient que cet homme qui servait déjà leur pays servirait aussi les intérêts de la faune à long terme.

La réserve du Selous s'étendait sur 55 000 km^2, soit un territoire six fois plus grand que le parc de Yellowstone ou la Suisse. Tout cela sans aucun village, route goudronnée, agriculture ni élevage. Avant même la constitution de la réserve, cette région était naturellement protégée par la mouche tsé-tsé, qui tue le bétail et tous les animaux domestiques. Seuls les gardes, les guides de chasse, leurs équipes et leurs clients pouvaient y pénétrer. L'éloignement rendait le coût du voyage en petit avion trop élevé pour les touristes de safaris-photos. Les collines et les savanes arbustives n'avaient rien à voir avec le Serengeti, où des pistes étendues comme une toile d'araignée dans la plaine immense permettent d'observer les animaux. Pour être rentable, le safari-photo doit être un tourisme de masse avec tout ce que cela implique de dérangement et de pollution. La chasse commerciale permettait de gagner avec un seul chasseur ce que cent touristes de safaris-photos apportaient pour la protection des animaux, avec en plus un impact environnemental très réduit. Un bloc de chasse de 100 000 hectares accueillait un ou deux chasseurs, qui devaient payer une licence de trois semaines pour chasser les grands animaux avec des quotas et des règles de sélection draconiennes. La chasse était le moyen de valoriser les ressources naturelles dans une région inaccessible pour en assurer la protection.

À partir de 1980, une vague de braconnage touchant toute l'Afrique a fait disparaître de presque tous les pays le rhinocéros, animal casanier et prévisible. Les braconniers ont aussi supprimé les immenses troupeaux d'éléphants du Tchad, du Soudan ou de Centrafrique. Les survivants trouvaient refuge dans les grandes forêts et ne se déplaçaient que la nuit. Le Selous aussi a été atteint. C'était là que vivait la plus grande population d'éléphants d'Afrique de l'Est, réduite en quelques années de dizaines de milliers d'animaux pour alimenter le marché noir en ivoire. Le gouvernement tanzanien a envoyé l'armée pendant deux mois, avant que la saison des safaris ne commence, pour mener une guerre absolue contre les braconniers et arrêter le massacre. Cette opération a été un succès et les éléphants du Selous avaient un autre avantage : les compagnies de safaris développaient leurs propres réseaux de pistes ; les guides et leurs clients parcourant la brousse à pied créaient un climat d'insécurité pour les braconniers éventuels. Ils savaient bien que leurs traces ne passaient pas inaperçues aux chasseurs professionnels et à leurs équipes, qui prévenaient immédiatement par radio les autorités s'ils s'aventuraient sur les zones.

Ailleurs, des ONG ont levé des fonds là où il y avait de l'argent, dans les pays occidentaux, pour financer la protection des éléphants dans les régions abandonnées par les gouvernements ou pour les aider à payer l'addition. Ces moyens n'arrivaient pas toujours là où il fallait, et les éléphants continuaient de disparaître. Finalement, seule la volonté politique des pays concernés faisait la différence. La Tanzanie était l'un de ces pays, misant sur le tourisme pour se développer. Cette époque a marqué un tournant idéologique important. Les nouveaux documentaires animaliers, ceux qui donnaient des prénoms aux animaux, usaient d'anthropomorphisme afin de gagner rapidement l'argent nécessaire pour sauver baleines et éléphants. La frontière entre animalité et humanité a été abolie par cette grande entreprise qui donna naissance aux premiers bébés animaux. Les éléphanteaux comme les autres petits ont disparu progressivement, il fallait gagner du temps et surtout de l'argent en émouvant le public, étranger à la réalité de l'animal ou du terrain. On pouvait aussi voir à la télévision, lorsque la convention de Washington a interdit le commerce de l'ivoire, des centaines de défenses brûlées triomphalement devant les caméras du monde entier, faisant partir en fumée ce qu'il restait encore, les reliques des géants massacrés. Ces opérations de communication dont on peut louer l'intention ont aussi décomplexé une forme de communication inventée pour les Occidentaux, qui sacrifie le souci de vérité des écosystèmes, des animaux ou des peuples. Ce manque d'objectivité, cette obsession d'effacer la différence fondamentale entre humanité et animalité pour émouvoir l'urbain occidental a été un succès, mais générera plus tard de véritables problèmes, le plus grave étant sans doute une séparation entre les peuples, une incompréhension totale de la façon dont un chasseur, en interagissant charnellement avec son environnement, peut partager des connaissances utiles à la conservation des espèces dont il dépend. Personne ne savait que la plus grande population d'éléphants d'Afrique de l'Est, était protégée grâce aux revenus générés par les safaris de chasse.

Quand je suis arrivé, cette vague de braconnage était oubliée, même par les éléphants qui avaient retrouvé un comportement normal. En une quinzaine d'années leur nombre était passé de quarante mille à soixante-cinq mille. L'objectif des Tanzaniens était d'augmenter, grâce à une chasse mesurée et éthique, la population de toutes les espèces vivant dans la réserve. Les quotas attribués à chaque zone dépendaient des populations animales et de règles de chasse bien décrites : on ne pouvait chasser, uniquement à pied, que des animaux mâles adultes qui s'étaient déjà reproduits. En dehors de toute opinion concernant la légitimité morale de cette activité, les zones étaient préservées et cela fonctionnait. 80 % des recettes de la chasse commerciale revenaient à l'époque dans la réserve pour payer les gardes, entretenir les accès pendant la saison des pluies, protéger les derniers rhinocéros et financer des projets d'étude et de conservation. Au total, la Tanzanie dédiait 260 000 km^2 à la conservation de la faune, soit les deux tiers de son territoire placés en parc nationaux et en réserves.

Lorsque les portes de l'avion se sont ouvertes, un souffle brûlant a envahi la cabine. J'ai récupéré mes bagages et franchi la porte de l'aéroport. La foule attendait les passagers sous des lampadaires jaunes qui éclairaient mal la sortie. Un Africain m'a fait signe et je me suis approché. Je pensais qu'il travaillait pour la compagnie de safaris et je l'ai suivi. Après quelques pas à mes côtés, il m'a demandé où j'allais. C'était un chauffeur de taxi. Je l'ai remercié en anglais et me suis éloigné pour chercher dans la foule qui aurait pu m'attendre. Les odeurs fortes de l'océan Indien et de la grande ville se mêlaient. Tous les Africains portaient une chemise, certaines femmes des étoffes de couleur. Beaucoup de Tanzaniens qui sortaient de l'avion étaient en costume, avec les mêmes chaussures de ville en cuir très souple, qui ressemblaient un peu à des pantoufles. J'ai attendu longtemps... Le parvis se vidait et je ne savais pas quoi faire. Dans une de mes poches, j'ai retrouvé un papier sur lequel étaient inscrits des numéros de téléphone devant des noms africains que je n'avais jamais entendus, et un prénom français, Pierre. Je suis entré dans un petit kiosque pour lui téléphoner. Le Pierre en question avait oublié mon arrivée, il allait venir me chercher et je devais l'attendre où j'étais. Lorsqu'il a garé le petit 4 × 4, une heure plus tard, devant l'aéroport, il m'a annoncé sans en descendre que nous allions « à la maison ». Je n'avais aucune idée de quelle maison il parlait. Nous sommes sortis de Dar es-Salaam en direction du nord, vers la plage où Gérard avait une propriété qui accueillait les guides, les amis ou la famille de passage en ville. Nous avions quitté la route goudronnée pour suivre un chemin de terre avant d'arriver devant un grand portail en bois rouge. Pierre a klaxonné et un Massaï nous a ouvert, armé d'une lance et d'un fusil à pompe très court qui pendait au bout d'une bretelle en cuir cru. L'allée de graviers menait à une grande maison de plain-pied qui surplombait l'océan Indien. Un baobab gigantesque s'élevait au milieu du parc et de gros bougainvilliers en fleurs s'appuyaient sur trois autres maisons, beaucoup plus petites et peintes en blanc, chacune avec un toit de tuiles rouges et une terrasse en bois. Le gazon était impeccablement entretenu. Les embruns frappaient le mur d'enceinte qui protégeait la propriété. Il était déjà tard et Pierre, avant de me laisser seul, me dit que j'allais rencontrer le lendemain Jeanine, la directrice. L'intérieur de la maison était couvert d'un crépi blanc. Un piano laqué était placé contre un mur du salon. La pièce était encadrée de canapés bas couverts de coussins colorés. J'observais le grand portrait d'une femme massaïe au mur, quelques gravures représentant des lions et des antilopes, une table basse en bois exotique et quelques photos posées sur des meubles sombres, dont une de Gérard, en short, probablement prise dans les années 1970, debout entre deux pointes d'éléphant plus grandes que lui. Une autre le montrait plus âgé, serrant la main du président tanzanien lors d'une réunion officielle. Il était de taille moyenne, avec une gueule d'acteur et un charisme qui se décelait même au travers de l'image. Ses cheveux blancs coupés très court revenaient en avant sur le front, son nez aquilin, cadré par des pommettes saillantes, le faisait ressembler à Jules César. Sur un tirage en noir et blanc, il marchait en brousse à côté de mon grand-père, chacun une carabine sur l'épaule, souriants. Comme souvent on pouvait voir en bas à droite de l'image la date qui apparaissait légèrement orangée : août 1988. Je me demandais en regardant cette photo quand Gérard avait parlé pour la dernière fois à son ami et ce qu'il pouvait bien penser des circonstances de sa mort. Depuis la lettre qu'il m'avait envoyée, je m'étais replongé dans les albums de safaris, pour le regarder. C'était sûrement un homme important, mais il n'appartenait pas au monde parisien, à celui de la politique, qui représentait pour moi drame et traîtrise. C'était un ami lointain. Il vivait là où la nature était si préservée et sauvage, belle, émouvante, qu'elle était le seul objet d'attention. Observant sans cesse la force vitale et originelle en brousse, je sentais qu'il était possible de maintenir celle qui résiste encore dans nos gênes et notre cœur et dont j'avais besoin.

L'odeur de l'océan imprégnait ma chambre. Il faisait chaud et je ressentais pour la première fois le bonheur de dormir en Afrique. La chaleur mêlée à l'air marin m'enveloppait d'une douceur inconnue. Peut-être que le corps se souvient que l'Afrique est le berceau de l'humanité. À 6 heures du matin, le soleil a illuminé l'océan. Les rideaux étaient ouverts et, en me redressant sur mon lit, j'ai vu les bateaux à voiles triangulaires des pêcheurs qui s'avançaient vers le large, poussés par une imperceptible brise matinale. Les cocotiers qui s'élevaient devant la piscine d'eau de mer étaient immobiles, on ne voyait pas de vagues sur l'océan et le calme ambiant contrastait avec le vent violent de la veille. Je me suis habillé et suis sorti sur la terrasse. J'ai vu Jeanine pour la première fois. Elle m'a fait un grand sourire et m'a demandé si j'avais fait bon voyage, en me passant un grand pot d'aluminium rouge et une cuillère sur laquelle la poussière de café restait collée par l'humidité. Jeanine était belle, très blonde, les cheveux frisés par l'air marin, et j'étais ému par sa gentillesse et son sourire. Elle me dit que nous allions partir à 7 heures pour le bureau où nous organiserions mon départ pour la brousse. Je sentais que mon nom et mon histoire allaient être enveloppés de regards bienveillants. Tout était imprégné d'un exotisme bouleversant, mais rendu familier et accessible par la présence de Jeanine. Je comprenais pourquoi mon grand-père aimait tant venir en Tanzanie. Comme dans la grande pièce où ses souvenirs d'Afrique étaient entreposés, j'entrais dans un univers privilégié, secret, obéissant à des codes que j'avais confusément cherchés toute ma courte vie sans pouvoir les trouver.

Après le petit déjeuner, nous sommes partis pour le bureau. Nous retournions en ville et je voyais Dar es-Salaam dans la lumière dorée du matin. Le trafic était impressionnant et me faisait penser aux photographies d'Inde ou de Chine, avec les vélos, les minibus et les charrettes chargées de sacs de charbon tirés par des hommes qui s'arc-boutaient entre les brancards. Des marchés s'ouvraient au bord des routes, des vendeurs se glissaient entre les files de voitures arrêtées au feu pour proposer des journaux ou des objets aussi insolites que des mini-ventilateurs, des cartes de géographie et des prises allume-cigare pour charger les téléphones. Le bureau de Dar était caché derrière de hauts murs, dans une ruelle qui avait dû être goudronnée un jour. Une grande cour intérieure servait de garage à une douzaine de 4 × 4 alignés pour être entretenus et préparés pour la saison. En face, un hangar servait à entreposer le matériel. Les bureaux se répartissaient sur les deux étages d'un troisième immeuble qui fermait la cour.

Jeanine m'a accompagné dans le *store* pour me donner ce dont j'avais besoin pour vivre en brousse les deux mois qu'allait durer l'ouverture des camps. Le Selous étant une réserve intégrale, ils étaient démontés puis reconstruits entièrement avant chaque saison. La compagnie disposait de plusieurs containers à la frontière de la réserve pour y entreposer une partie du matériel, le reste revenait au bureau de Dar pour y être entretenu. Au début du mois de juin, Jeannine partait pour un périple de cinq semaines en brousse afin d'apporter la touche finale à chaque camp. Elle voyageait avec des objets de décoration et des étoffes que son assistant cousait pour faire de nouveaux coussins ou des rideaux. Chaque saison commençait avec un luxe de détails toujours plus poussé.

Une petite tente igloo, un carton de boîtes de conserve, un matelas, une couverture et un petit oreiller. C'était à peu près tout ce qu'elle m'avait donné pour partir en brousse. Cela me semblait bien léger mais je lui faisais confiance et je ne voulais pas montrer à quel point j'étais inquiet. Tout cela lui paraissait si naturel que j'acceptais le matériel sans poser de questions. En fait, cela faisait partie d'un test pour chaque jeune apprenti guide qui venait en Afrique. J'allais vivre les mêmes épreuves que tout le monde. La formation avait quelque chose de militaire, elle s'apparentait parfois à un stage commando. C'était pour observer la résistance physique, psychologique et la motivation des jeunes qui voulaient devenir guide. Après la saison des pluies, les équipes d'ouverture de pistes et de camps partaient pour trois mois de travail en pleine brousse. Les jeunes qui prétendaient faire partie de ce monde partaient aussi pour apprendre la construction d'un luxueux camp de tentes à l'anglaise et faisaient la fameuse ouverture des pistes. Je dis « fameuse » parce que certains abandonnaient devant la dureté de la tâche. Largués en pleine brousse pendant deux mois, sans arme et avec le minimum vital pour rouvrir toutes les pistes des zones de chasse avec une machette, accompagnés d'une douzaine d'hommes qui ne parlaient pas ou peu l'anglais. L'apprentissage rapide du swahili était l'une des conditions pour pouvoir travailler. Une fois que les arbres tombés pendant la saison des pluies étaient retirés, que plus une branche ne dépassait sur la piste, la niveleuse était envoyée pour damer les centaines de kilomètres préparés à la main. C'était un travail harassant mais qui servait à connaître parfaitement les zones, à savoir s'orienter, à s'endurcir physiquement et moralement. J'emportais avec moi de quoi dessiner, des livres et des carnets qui s'entassaient sous mes vêtements dans un grand sac de marin, ainsi qu'une cantine en fer donnée par Jeanine pour le reste du matériel. Je suivais le chargement du camion. Les sacs de riz, de haricots rouges, de sucre et de sel s'empilaient devant les bidons de 200 litres de carburant chargés à l'avant de la benne. Des cartons de thé et de café, une pile de matelas et trois grandes tentes représentaient à peu près tout ce que nous allions emmener pour la vie quotidienne en brousse. J'avais apporté des petites pastilles pour assainir l'eau et un couteau. Le départ était prévu pour le lendemain matin à 5 heures. En fin d'après-midi, nous sommes rentrés à la maison. Je me suis baigné dans l'océan Indien, puis Jeanine et moi avons dîné à la lumière des bougies vacillantes sous le vent marin. Elle me parlait de ceux qui travaillaient en brousse, du savoir-faire des pisteurs et des guides que j'allais rencontrer, de certains chefs de camp, serveurs, cuisiniers avec qui elle travaillait depuis toujours, et il y avait dans sa voix une affection évidente pour tout ce petit monde dont elle prenait soin depuis son bureau à Dar es-Salaam. C'était sa famille.

Chapitre 4

Pour un novice, les superficies des réserves de faune sont difficiles à appréhender. Je me demandais par exemple quelle distance séparait la ville de la « campagne ». Y avait-il des lions et des éléphants comme il y avait, en France, des chevreuils et des sangliers en dehors des zones urbaines ?

Il fallait rouler une quinzaine d'heures depuis Dar es-Salaam pour arriver à l'entrée du Selous, ou une heure et demie de vol dans un petit avion pour atterrir aux campements les plus proches. Nous avons démarré le camion pour prendre la route à 5 heures. Je voyais pour la première fois les membres de l'équipe, apparus comme par magie pour partir à l'heure donnée. Nous étions trois dans la cabine, le chauffeur, le mécanicien et moi. Il n'y avait presque pas de circulation et nous sommes rapidement sortis de Dar es-Salaam pour traverser les zones de cultures autour de la ville. Le gros camion rugissait dans les montées et avalait la route encore goudronnée vers le sud, en direction du pont traversant le grand fleuve Rufiji puis le village d'Utete, où nous ferions notre première étape.

Au sud du Rufiji, les éléphants, les rivières de sable blanc, les collines et les plaines. Au nord, les villages et des agglomérations toujours plus grandes jusqu'à la capitale économique, Dar es-Salaam : la maison de la paix, en arabe, en face de Zanzibar, qui était la plaque tournante du marché des esclaves et de l'ivoire. Au sud la pureté de la nature, au nord les hommes. Dans le delta du fleuve sur l'océan Indien, ce sont des milliers d'hectares de mangrove où s'était réfugié un croiseur allemand abattu par les navires anglais en 1915. La Première Guerre mondiale concernait aussi le Tanganyika, durant laquelle Frederick Courteney Selous, l'aventurier et explorateur qui donnerait son nom à la réserve, a été tué par un sniper allemand. Il est enterré juste au nord du Rufiji, du côté des hommes. Selous était parti en Afrique à 19 ans pour étudier et, deux ans plus tard, il commençait ses explorations. Naturaliste et chasseur, il avait été le premier à alerter de la disparition des éléphants à cause d'une chasse excessive et incontrôlée. À l'époque, l'ivoire, c'était juste une matière première, attirant de fait des myriades de tireurs qui n'avaient pas le même intérêt que lui pour la nature, et aucun pour les animaux en dehors du profit qu'ils pouvaient en retirer.

Le reste de l'équipe était monté à l'arrière, dans la benne, assis sur les matelas et le matériel. Je cherchais déjà à voir les animaux sauvages, ne sachant pas qu'en dehors des parcs et réserves le braconnage les avait éliminés, au profit de l'élevage et au détriment de la chasse coutumière qui, de toute façon, n'aurait pu résister à l'explosion démographique.

En arrivant à Utete, en fin de journée, j'étais déjà fatigué. Mon corps n'était pas habitué aux secousses du camion sur les pistes qui avaient vite succédé au goudron. J'allais me plaindre lorsqu'en me tournant vers le chauffeur et son assistant, je les ai vus sourire : ils serraient les mains de ceux qui s'étaient approchés à notre arrivée. Ils n'avaient même pas transpiré et s'étaient seulement étirés avec bonheur en descendant de la cabine. Le camion sentait le chaud, l'huile et le diesel. Bien sûr je ne parlais pas encore swahili et je ne comprenais rien aux échanges entre les hommes qui m'entouraient. Le chauffeur me fit signe de l'accompagner. Il y avait une *guest house* où nous allions passer la nuit. La partie restaurant était une grande terrasse meublée de tables en plastique, chacune surmontée d'une bouteille rouge de pili-pili. De la viande de cabri grillée, du poulet, des frites et des œufs composaient le menu, accompagnés d'un coca ou d'une bière. Le chauffeur, Sefou, parlait anglais et essayait de répondre avec gentillesse à mes questions sur le voyage et les animaux de la réserve. Je voulais faire bonne figure alors que j'étais partagé entre le bonheur de l'aventure et l'appréhension de commettre un impair, de ne pas assimiler assez vite les informations jaillissant de ce nouveau décor.

Il n'y avait pas d'eau courante au village. Pour se doucher, on traversait la petite cour intérieure vers la pièce qui servait d'unique salle de bains. Elle était en ciment, avec en son centre une grille pour l'évacuation de l'eau. La patronne m'avait fait comprendre avec force signes que ma douche était prête. Elle avait apporté un seau d'eau chaude dans lequel flottait une grande tasse en plastique, posé sur une petite étagère un morceau de savon et une serviette élimée par des années de lavage à la main. Je me suis douché avec délice et suis allé me coucher dans le lit qui occupait presque toute la chambre, mon sac de marin déjà couvert de poussière posé dans un coin. Les draps sentaient bon et je me suis endormi en quelques minutes.

Aux premières lueurs de l'aube, le village était déjà en pleine activité. Je sentais une odeur de café et de friture depuis ma chambre. Notre hôte faisait frire des beignets sur la terrasse. Elle était fraîche et souriante derrière ses fourneaux. Un grand feu servait à remplir de charbon les trous de son piano en ciment, surmontés d'un support en fer à béton pour poser les casseroles. Elle avait les cheveux tressés serrés, une paire de sandales en plastique bleu aux pieds et était enveloppée dans un grand pagne jaune et rouge, sur lequel on pouvait lire quelques mots en swahili. En Tanzanie, chaque étoffe portait une phrase, comme l'aphorisme du jour, et je copiais celui-là de mon mieux dans mon petit carnet. « *Ukipata Mshukuru Mungu* », « Rend grâce à Dieu pour ce que tu reçois ».

Elle avait rempli une grande bassine en étain de beignets et retournait en même temps des chapatis sur une poêle noircie par les flammes. J'en achetai plusieurs pour partager avec mes compagnons de voyage, et je goûtais pour la première fois ces galettes de farine grasses et feuilletées, délicieuses. Vendues toutes chaudes, elles étaient roulées dans une feuille de papier journal dont l'encre se diluait dans les taches de gras.

Le soleil commençait à chauffer l'atmosphère lorsque Sefou a démarré le camion. J'avais compris que ce matin-là nous allions entrer dans la réserve et j'avais hâte de voir les animaux. Il nous restait trois jours entiers de voyage pour atteindre le camp que nous allions ouvrir.

L'entrée du Selous, c'était un village de petites maisons vertes construites par le gouvernement tanzanien pour accueillir les gardes et leurs familles. Lorsque nous l'avons traversé, j'ai pointé du doigt comme un enfant une mère phacochère qui trottinait comme si de rien n'était entre les maisons, avec ses petits qui galopaient et jouaient en se suivant, la queue dressée comme une antenne radio. Il fallait s'arrêter pour signer le registre d'entrée, dont la liste avait été envoyée par la direction des parcs nationaux. Une petite place ronde au centre de laquelle était levé le drapeau tanzanien précédait la maison réservée aux bureaux. Après les formalités, nous avons enfin passé la frontière pour traverser la plaine de Kingupira, une savane entrecoupée de petits bois d'acacias. Leurs troncs jaunes contrastaient avec le vert intense des fines feuilles et les épines blanches, dont la base ronde percée par les fourmis sifflait dans le vent. Des troupeaux d'impalas et de zèbres nous regardaient passer. Lorsque j'ai croisé du regard mon reflet dans le rétroviseur, je me suis rendu compte que je souriais. Quelques jours plus tôt, j'étais en Europe dans un univers que je voulais abandonner, j'avais même pensé à la légion étrangère, si je ne trouvais pas de stage dans un parc national ou une compagnie de safaris. Ces deux jours de voyage m'avaient projeté aussi loin qu'il était possible, comme je l'avais imaginé. Si j'étais étranger à ce monde, il faisait pourtant naître en moi une tendresse et une paix jamais ressentie, laissant peu de place à l'appréhension légitime de l'inconnu.

Lorsque j'étais enfant, ma passion pour les animaux n'encourageait pas vraiment la socialisation : je préférais les bois aux terrains de foot. Pendant les vacances d'été, je me levais à 4 heures du matin pour être dehors avant l'aube. Alors que toute la famille dormait, les champs et les bois qui entouraient la maison m'appartenaient, il suffisait de passer la porte, que je refermais doucement pour ne pas être entendu. Personne ne savait où j'allais. Frissonnant de joie, je me jetais dans la nuit pour profiter de la fraîcheur éphémère, célébrée par le chant des oiseaux et les animaux qui s'attardent et vagabondent le plus possible avant le souffle chaud du soleil.

Cette fois, j'étais dans l'un des endroits les plus sauvages au monde et je n'avais plus de porte à ouvrir ni de compromis à faire. Les animaux ne se déplaçaient pas seulement la nuit ou au petit matin, ils étaient absolument chez eux. Après la mort de mon grand-père, je percevais mieux le sens du désir vivant dans mon cœur depuis l'enfance, un désir de paix et une soif inextinguible d'authenticité. Au lycée, je lisais Romain Gary, Alphonse de Lamartine ou Blaise Cendrars. Je n'envisageais pas ma quête comme une fuite, mais le désir vital de retrouver mon environnement, mon biotope. J'étais la grenouille sans flotte, un têtard dans le désert. Il fallait trouver la solution rapidement et le romantisme de mes lectures m'emmenait d'une certitude à l'autre : je devais être moine franciscain, marin ou légionnaire. Je me rapprochais de mon but, petit à petit. Mais aucun métier connu ne ressemblait à ce que je cherchais, des listes officielles aux parcours universitaires, jusqu'au jour où j'ai découvert la photo de ce vieux buffle de Tanzanie. Sa puissance et sa beauté s'imposaient au milieu des pailles et des acacias, il illustrait les vœux de bonne année que Gérard avait envoyés à mon père. Il y avait son adresse sur la carte, en petits caractères, comme un indice. « *Heri ya mwaka mpya* ». Bonne année. *Feliz año*... j'arrêtai de chercher une réponse rationnelle, logique, universitaire à mes doutes, pour m'abandonner, sans peur, à la vocation.

Je demandai bientôt à Sefou d'arrêter le camion pour rejoindre les hommes à l'arrière et profiter de cette hauteur pour voir les animaux. La notion et la gestion du temps telles que je les connaissais en Europe n'existaient plus. Toutes les activités en brousse sont soumises à la course du soleil, à la nature, qui n'a pas été profondément modelée comme en Europe, mais seulement apprivoisée. Ce qui peut paraître un manque de confort est une stimulation du corps et de l'esprit qui, si vous l'acceptez, vous travaille comme une sculpture d'argile dont on retire à grands coups de couteau ce qui n'apporte rien d'essentiel. Je sentais que la brousse tranchait déjà dans le vif, allait exposer des faiblesses qu'il me faudrait surmonter pour gagner mon rêve. C'est une de ses vertus, elle révèle le caractère des hommes, il n'y a pas de mensonge qui tienne. Comme aucun campement n'était encore ouvert, nous nous arrêtions en pleine nature pour dormir et j'apprenais à m'installer avec peu. Nous montions notre bivouac assez tôt avant la nuit pour laisser le temps au cuisinier de faire cuire les haricots rouges du dîner et le riz blanc du petit déjeuner. Dès que la nuit tombait, le concert des hyènes se battant pour une charogne résonnait parfois tout près de notre campement. Elles lançaient de longs appels qui se terminaient par un rire sarcastique ou par des cris effrayants. Avant même le lever du soleil, nous buvions ensemble un thé noir ou un café accompagné de riz devant le feu qui illuminait le flanc du camion. Au petit matin, la rosée glissait sur les tentes, nous avions bien besoin de nous réchauffer et on se collait aux flammes, assis sur un tronc ou une pierre, vêtus d'un treillis et d'un T-shirt. La chaleur du feu arrivait directement sur notre peau ; nous attendions le soleil dans cette bulle tiède et dorée, en observant tout autour la brousse bleue et froide dans l'aube naissante.

Le camp que nous venions ouvrir portait le nom de la rivière Luhanyandu. C'était le sud du Selous, caractérisé par ses rivières de sable blanc, collines et palmeraies qui abritaient l'une des plus grandes populations d'hippopotames d'Afrique, de lycaons, crocodiles, mais aussi tous les grands fauves et différentes espèces d'antilopes. Lorsque nous sommes entrés dans le camp après trois jours de voyage, j'avais déjà changé. Ma peau s'était dorée au soleil, mes épaules s'étaient arrondies à force de m'agripper sur le camion et le nœud d'angoisse qui me nouait les tripes depuis des années avait disparu. Les hommes partirent pêcher dans une mare pour revenir avec une ribambelle de poissons-chats qu'ils jetèrent sur une grille pour les fumer, les sécher et les entasser ensuite dans les sacs de riz vides. Ils allaient servir à la sauce du *sembé*, une purée collante et épaisse comme de la pâte à pain, faite de farine de maïs et qui composait le plat de midi pendant toute l'ouverture du camp.

Il ne restait que les toitures défaites par la saison des pluies, mais on voyait encore l'emplacement dédié à chaque tente de client. Tous les corps de métier nécessaires, du charpentier au mécanicien, travaillaient à l'ouverture. Une fois la charpente refaite à neuf, les voyages pour couper les grandes pailles qui servaient aux toitures se succédaient et le camion revenait chargé deux fois par jour. Il en fallait suffisamment pour le restaurant et les tentes qui devaient être protégées du soleil et des premières pluies de la saison. Ce travail de forçat en plein soleil à respirer la poussière était difficile mais il s'agissait de ne pas tomber dans l'automatisme. Nous utilisions un bâton fourchu pour regrouper les tiges en son centre, avant de pousser pour en dégager la base que nous tranchions d'un coup de machette. Cette fourche servait aussi à éviter les morsures de serpent, surtout le matin lorsque, engourdis par le froid, ils ne s'éloignent pas du bruit des hommes. Les bottes étaient attachées avec de la corde et jetées dans la benne du camion. Nous travaillions jusqu'en début d'après-midi, la construction avançait vite et nous avions chaque jour un peu plus de temps libre, que je consacrais à photographier les hommes au camp et à écrire mon journal.

Mon premier ami de brousse s'appelait Madaba. J'avais compris qu'il travaillait comme pisteur depuis toujours pour Gérard. Il était assez grand, avait la peau claire, des épaules de nageur et un gros cul toujours serré dans un treillis bouffé par le soleil. Bien qu'il fût massaï, son physique ne correspondait pas au cliché du guerrier kenyan ou tanzanien des brochures de safaris-photos. Son visage, orné de deux scarifications, une sur chaque pommette, pouvait s'illuminer d'un sourire innocent et généreux. Je lui trouvais une expression quasi maléfique, surtout lorsqu'il avait bu un coup de trop. Il me faisait un peu peur.

C'est pourtant lui qui me fabriqua un arc et des flèches dont les pointes tranchantes étaient forgées en aplatissant à coups de marteau un clou de charpentier sur une pierre plate. Nous tirions des flèches ensemble devant le camp, sur la berge de la rivière où nous avions posé une cible tressée par lui. Comme Madaba ne parlait pas anglais, je dessinais sur mon carnet des animaux dont il me donnait les noms en swahili. C'était la première fois que mes dessins servaient à quelque chose. Sans que je sache pourquoi, il avait l'air de vouloir prendre soin de moi. Un jour, je l'ai photographié. Il a pris à son tour mon appareil, un petit Voigtländer chargé d'une pellicule noir et blanc Ilford 100 asa. C'était un appareil mécanique – donc à mise au point manuelle – qui avait au moins 50 ans, ayant appartenu à ma mère et que j'avais heureusement glissé dans mon sac. Je suis flou sur la photo. Mon visage d'enfant malgré mes 18 ans et mon corps maigre semblent disparaître de l'image, la dernière de moi avant ma nouvelle vie. Quelque chose au fil des jours passés ensemble sur le camp semblait nous réunir. Je ne savais pas quoi. Lui semblait le savoir.

Après plusieurs semaines à Luhanyandu, j'avais fait des progrès en swahili, noué des liens avec les membres de l'équipe et lu quelques livres. Le bonheur de l'aventure avait cédé la place à un ennui qui rendait chaque jour plus long que le précédent. J'étais frustré d'être bloqué sur le camp maintenant terminé, nous attendions Jeanine qui devait arriver pour mettre la touche finale. Chaque soir, nous « faisions » la radio et j'entendais les guides au rapport, ils avaient déjà commencé à chasser sur d'autres campements. Les premiers clients étaient arrivés début juillet pendant que je comptais les ampoules au camp ou vérifiais la consommation du générateur. La vie de safari avait commencé sans moi. Avant l'arrivée destructrice d'Internet dans les coins les plus reculés, la radio était une institution, un moment d'échange privilégié où chacun parlait à son tour, devait être concis et écouter l'autre, c'était la soif d'entendre les nouvelles ou le plaisir d'en donner à son tour, chacun dans son coin de brousse. Le responsable du camp passait d'abord les commandes des pièces détachées ou d'approvisionnement pour les camps. Lorsque la nuit était tombée, les guides, rentrés de la chasse, prenaient la parole pour parler de l'avancée de leur safari. Assis à côté de la radio, j'écoutais les mots de chacun sans pouvoir comprendre grand-chose. Ils parlaient dans un langage un peu codé pour que les autres compagnies de safaris, même si aucune n'était française, ne comprennent trop facilement les conversations. Gérard avait imposé une discipline militaire et une obsession pour la discrétion qui imprégnait chaque échelon, ajouté au professionnalisme inculqué par une rigueur héritée des guides de chasse anglais des colonies. Je crois qu'il savait la valeur et la fragilité de cette entreprise, qui pourtant exista pendant presque quarante ans. Les camps eux-mêmes avaient un nom de code et Jeanine appelait chacun leur tour « alpha », « bravo », « charlie »...

« Franck a fait la crinière. Jean-Louis a un buffle qui se gratte, il va retourner le chercher demain matin. »

Je n'osais pas comprendre et je brûlais d'accompagner un guide et son client à la chasse, jusqu'à ce qu'un soir, enfin, je fus à mon tour appelé à la radio. Jeanine allait mettre plus longtemps que prévu pour arriver sur le camp et nous devions partir avec le camion dès le lendemain vers Kibaoni. C'était un camp situé plus au nord, sur la rivière Mbaragandu. Il nous faudrait sept heures pour y parvenir. Je savais, pour les avoir entendus prendre l'antenne le soir, qu'un guide nommé Franck y chassait. Peut-être aurais-je la chance de l'accompagner. Le lendemain matin, je faisais mes adieux à Madaba et aux autres membres de l'équipe qui restaient sur Luhanyandu. J'étais plein d'illusions, même si je ne savais pas ce que j'allais faire à Kibaoni. J'espérais pouvoir entrer dans le vif du sujet, tout comme j'avais besoin d'échanger et de poser des questions dans ma langue maternelle.

Chapitre 5

Nous sommes arrivés à Kibaoni en fin d'après-midi. Le camp était magnifique et plus grand que celui que j'avais ouvert. Il surplombait la rivière Mbaragandu, qui deviendra mon endroit préféré sur Terre. Comme la saison sèche avait débuté, seule une pellicule d'eau cristalline glissait sur le sable blanc. C'était une rivière large de 500 mètres lorsqu'elle pouvait s'étendre sur les plaines alentours et qui s'écrasait pour passer entre les collines. Le Mbaragandu avait une personnalité bien à lui. C'était un peu le cœur battant du Selous. Il insufflait la vie aux paysages qu'il traversait, faisait circuler dans son cours une énergie vitale qui gagnait ses affluents, il amadouait les collines et les plaines. Il se dégageait de lui un sentiment de bien-être qui touchait aussi bien les hommes que les animaux. De grands troupeaux d'éléphants descendaient des collines pour le traverser ou se prélasser sur ses berges, on avait l'impression qu'ils étaient là pour la beauté des paysages. Des gnous, des impalas, des buffles se couchaient sur les plages ou mangeaient sur ses berges. Les lions en profitaient aussi pour faire de longues siestes sur le sable rafraîchi par l'ombre des grands arbres. Des palmeraies et des piscines profondes aux abords de son lit accueillaient des hippopotames et des crocodiles.

Lorsque nous arrivâmes, en milieu d'après-midi, le chef de camp me montra ma tente, un peu à l'écart des autres. Elle était petite et la toile verte éclaircie par le soleil était trouée. Je m'installai et j'attendis le retour de Franck et de ses clients, qui arrivèrent juste avant la nuit. J'entendis le ronronnement d'un 4 × 4 qui se garait devant le mess. Je pouvais tout observer depuis ma tente et je n'osais pas encore sortir, caché derrière la porte moustiquaire. Le guide de chasse salua l'équipe venue à sa rencontre ; ils parlèrent en swahili. Il se tourna bientôt vers le couple de clients, qui descendait avec raideur de la voiture, pour s'adresser à eux avec le même naturel en anglais. Ils étaient couverts de poussière, la peau ensoleillée et le sourire aux lèvres. L'arrière de la bagnole était ensanglanté et les cornes immenses d'un buffle dépassaient de la plateforme du pick-up, accompagné par une odeur de viande et de tripes, qui d'ailleurs pendaient à l'arrière, au bout d'une corde – les tripes étaient utilisées pour attirer les fauves vers la viande mise en appât. Tandis que le couple de chasseurs montait vers leur tente, je profitai que le guide fût seul pour aller me présenter. Franck avait été prévenu de mon arrivée, et il me souhaita la bienvenue un peu froidement. Je lui racontai en quelques mots mon ouverture de camp. J'avais besoin de parler mais je me rendais bien compte qu'il s'en foutait complètement. Je lui demandai comment se passait son safari. Ils avaient déjà tiré un buffle, quelques antilopes et un crocodile. Il me dit que j'allais dîner avec eux et que je ne devais pas commettre d'impair devant les clients, participer que si l'on m'adressait la parole. J'étais bien trop timide à l'époque pour agir autrement et j'étais même rassuré d'entendre des consignes qui m'arrangeaient bien. À table, le couple de clients et Franck parlaient de leur journée de chasse. Toute cette conversation menée le plus naturellement du monde évoquait pourtant des charges de lion, une marche de plusieurs heures sur les traces d'un grand koudou qu'ils n'avaient pas trouvé et un lac qu'ils allaient atteindre le lendemain. Je n'imaginais pas comment tout cela se passait. J'étais assailli par mille questions que je n'osais pas poser. Ce qui me préoccupait le plus, c'était qu'à aucun moment il n'a été question de m'emmener avec eux. Je n'avais pas d'autre choix que d'attendre patiemment que la chance me soit donnée, et les jours suivants j'allais m'asseoir chaque soir devant la radio en espérant des nouvelles. Franck arrivait pour parler de son safari, échanger avec ses collègues et le bureau de Dar, ce qui pour moi était une torture journalière alors que je restais bloqué au camp. Je me demandais si je n'avais pas été victime d'un mauvais rapport qui me ferait rentrer par l'avion qui venait chercher les clients, dix jours plus tard. Mes journées dans la plus belle réserve d'Afrique n'étaient rythmées que par mes lectures et mes repas. Je serais bien parti marcher en brousse mais je n'avais pas d'arme pour me défendre et encore moins les connaissances pour le faire. Je relisais pour la troisième fois *Voyage au bout de la nuit*, de Céline, lorsqu'un peu avant midi j'ai entendu un 4 × 4 rugir dans la rivière.

J'ai passé ma tête hors de ma tente pour voir la voiture rebondir sur les vagues de sable et monter vers le camp. Les clients sont descendus, accompagnés par un pisteur de Franck qui avait le lobe des oreilles percé d'un grand trou et un collier de perles de couleur. Je me suis approché pour lui demander, en anglais, ce qu'il se passait. Le chasseur, qui s'était déjà laissé tomber dans un fauteuil avec un Coca frais, avait blessé un buffle, et son épouse et lui revenaient déjeuner au camp, pendant que l'équipe allait poursuivre l'animal blessé. Le pisteur, Samora, était l'un des seuls à parler anglais. Je lui dis que j'allais monter dans la voiture, que je devais aller les aider. Il m'a regardé d'un air amusé et n'a rien fait pour m'empêcher de partir avec eux. J'avais déjà beaucoup entendu parler des buffles. C'était l'animal le plus dangereux car, pour arrêter sa charge, il fallait que la balle tape le cerveau ou la colonne vertébrale. Blessé, il va se caler dans les fourrés et attend le dernier moment pour charger en explosant la végétation devant lui, ne vous laissant que quelques secondes pour ajuster votre tir avant qu'il ne soit sur vous. Je suis monté sur le 4 × 4 avec les pisteurs et le chauffeur a démarré. Nous sommes repartis dans la rivière, roulant vite sur le sable jusqu'à monter sur une piste qui traversait les hautes pailles avant de s'engager dans les collines. Ils avaient tiré le buffle près du camp. Nous sommes arrivés dans une clairière où une petite table de camping était dressée. Allongé sur une couverture à l'ombre, un café et une cigarette à la main, Franck me regardait comme si j'étais une mouche tombée dans sa soupe.

« Pardon, monsieur, s'il vous plaît, je n'ai pas pu résister, je veux vous aider à chercher le buffle, je sais que c'est dangereux, mais s'il vous plaît… »

Je me perdais en explications et j'avais peur de sa réaction. J'étais encore un enfant. Franck a dû être impressionné par la force de mon désir de l'accompagner, car il a réfléchi longtemps en me dévisageant, et j'ai vu son expression s'adoucir lorsqu'il a pris sa décision.

« Bon, tu sais tirer à la carabine ?

– Oui, monsieur, je sais très bien tirer.

– Bon, alors autant que tu ne sois pas venu pour rien. »

Il sauta dans la voiture à côté de moi, décrocha une carabine.375 et me la tendit avec fermeté. Nous allions rouler doucement vers l'endroit où ils avaient laissé la trace du buffle pour reprendre la poursuite à pied. Les grandes pailles et les fourrés bouchaient le paysage. Samora, la voix transformée par l'émotion, nous montrait une tache noire à peine visible dans la végétation. Personne ne s'attendait à ce que le buffle soit si rapidement retrouvé, ils avaient arrêté le pistage à quelques mètres de là où il s'était couché. Nous n'aurions pas pu le voir depuis le sol. Franck envoya une balle et me fit tirer juste après lui. Le buffle avait reçu la première en pleine tête et il était déjà mort lorsque j'ai tiré. Cela importait peu, je ne le savais pas à ce moment-là. Je me sentais heureux d'avoir pu participer. Ma balle avait aussi atteint le buffle. Nous l'avons retrouvée en le découpant, et je dois l'avoir, encore aujourd'hui, rangée quelque part.

Franck et moi sommes devenus amis ce jour-là. C'était un guide poète et artiste, profondément amoureux de la brousse et des Massaïs, qu'il connaissait bien et dont il apprenait la langue, en plus de parler très bien le swahili. Il était grand, fin, avec de larges épaules osseuses, les cheveux tondus très court. Ses yeux bleus étaient comme deux glaçons rafraîchissant sa tête de blond cramée par le soleil. Franck était né à Brazzaville et avait passé sa vie à courir la brousse dans plusieurs pays, avant de devenir guide en Tanzanie. Comme Peter Beard, il illustrait son journal de croquis, poésies, histoires de brousse et quelques photographies. C'était un artiste. L'esthétique et la beauté imprégnaient chaque aspect de sa vie en brousse. Il avait modifié sa cartouchière en cuir patiné pour qu'elle serve aussi d'étui à un poignard. Ses chemises couleur café, en lin et à manches longues, contrastaient avec les vieux treillis qu'il utilisait pour chasser, une paire de baskets confortables aux pieds. Il mélangeait allègrement les genres et l'originalité de son élégance était construite sur l'aventure et l'expérience des hommes et de la nature. Il avait une collection de bracelets en pied d'éléphant au poignet, une grosse montre ronde, et sa carabine était ornée d'entailles noircies par l'huile dont il enduisait le bois de crosse. Il se parfumait avec une eau de toilette Chanel, et ce mélange de luxe et d'utilité parfaite dans les objets qui accompagnaient son quotidien en brousse était non seulement divertissant mais aussi admirable. C'est le seul guide que j'ai pu voir profiter de la sieste de son client pour sortir un rouleau de papier aquarelle et se mettre à peindre un paysage, appuyé sur un bout de la table de pique-nique recouverte d'un tissu massaï, à côté de la salade de tomates, mangues et oignons rouges dont les restes séchaient avec l'air chaud du milieu de journée. Le client dormait dans son hamac tendu à l'ombre et Franck semblait plus heureux que jamais.

Après avoir découpé le buffle et chargé la viande à l'arrière du 4 × 4, nous avons pris le temps de discuter un long moment, comme si le client qui attendait au camp n'existait plus. Franck me posait des questions et me donnait des conseils pour passer les étapes de mon apprentissage. Je me sentais heureux et jamais je n'aurais pu imaginer voir la puissance et la beauté de l'Afrique sous un angle si authentique, entouré par les animaux que j'avais si souvent dessinés. Les odeurs de la brousse, l'ambiance, les pisteurs qui parlaient en swahili ou en massaï autour de moi, tout était beau. Je profitais de ce moment, assis à côté de Franck qui prenait son rôle à cœur et ouvrait pour moi les portes du paradis que j'avais tant cherchées : il fallait que ce soit l'un des endroits les plus préservés au monde. Après une grande boucle pour vérifier des appâts à léopard, nous nous étions engagés à nouveau sur la piste qui nous ramenait au camp. La nuit était tombée mais il ne faisait pas froid.

Nous étions perchés sur le 4 × 4 et je ne pouvais pas quitter des yeux le paysage qui évoluait avec les odeurs, exacerbées par la légère humidité de l'air. Comme des coups de pinceau, elles esquissaient par traits violents des nuances qui jaillissaient de l'obscurité pour frapper mon imagination.

Le vent frais sur ma figure apaisait la brûlure du soleil. Les phares de la voiture révélaient les mystères de la nuit, comme un rideau de théâtre s'ouvre sur un décor. Les acteurs se succédaient sur la scène pour ma plus grande joie. Un python étalé sur la tiédeur du sol, un hippopotame qui fendait les hautes herbes pour sortir de la lumière et une hyène qui galopait sur la piste, soulevant à chaque foulée un petit nuage de poussière qui nous enveloppait d'une odeur musquée. Les grandes pailles qui s'élevaient sur les côtés venaient fouetter le cuir de mon blouson ou mon visage. J'aurais pu m'asseoir pour éviter les coups mais je voulais voir, et je restais debout, les mains crispées sur la barre transversale qui enserrait le toit de la voiture. Une odeur de buffle. Malgré le bruit du moteur on entendait le galop du troupeau et les grognements, quelques appels aussi des veaux qui cherchaient leur mère dans la bousculade. Un lion traversait la piste, c'était lui le responsable de cette débandade. Il s'arrêta en pleine extension, une patte délicatement posée loin devant les épaules, dans un mouvement caractéristique de félin que seul l'éclairage soudain des phares ou une photographie pouvait décomposer. Il nous regardait, la gueule entrouverte, pris sur le fait, en flagrant délit de chasse. La poussière soulevée par les buffles nous piquait les narines. Le lion repartit sans plus s'occuper de nous et sa robe, après s'être mélangée au jaune des pailles, disparut bientôt pour se diluer dans le bleu de la nuit.

Les pisteurs étaient presque tous des Massaïs qui venaient du nord de la Tanzanie. Sans être chasseurs, ils avaient appris dès l'enfance à suivre les traces de leurs vaches ou de leurs chèvres perdues en brousse pour les ramener dans le troupeau. Leurs maisons, ou *boma*, sont construites sur une base de bois recouverte de bouse de vache séchée. L'importance du bétail est telle que, pour pouvoir se marier, ils offrent des vaches, des taureaux ou des chèvres aux parents de leur future épouse. L'argent que les Massaïs gagnaient en safaris leur servait presque exclusivement à agrandir leur troupeau, la seule vraie richesse d'un homme. J'étais étonné de voir à quel point ils étaient hermétiques aux accessoires apportés par les guides ou les clients en safari. Les pisteurs étaient fiers, leur mode de vie et leurs aspirations n'étaient pas corruptibles par les évolutions du monde. Ils étaient amusés par l'utilisation d'un GPS ou d'un ordinateur, dont ils voyaient bien l'utilité, mais pas pour eux.

En accompagnant Franck, je découvris la force du lien qui l'unissait à ses pisteurs. Ils passaient plus de temps ensemble qu'avec leur propre famille, ne se séparaient jamais et voyageaient d'un campement à l'autre pour chasser. Le swahili était un espace de liberté, une langue à eux, qui leur permettait d'échanger sans être compris par les clients. Au-delà d'une aisance évidente pour vivre et se déplacer en brousse, ils détectaient les détails invisibles au commun des mortels. Ils voyaient tout, et si je ne pouvais pas avoir les mêmes capacités après seulement quelques semaines en Afrique, j'avais passé suffisamment de temps dans la nature pour me rendre compte qu'il y avait effectivement autre chose. Ils vivaient dans un dialogue permanent avec la brousse, qui leur chuchotait un secret après l'autre, sans que je puisse voir autre chose que le résultat de cet échange. Comme une inspiration, chaque élément important se révélait à leurs yeux. Un matin, nous roulions à vive allure sur une piste sablonneuse quand Samora demanda d'arrêter la voiture. Toute l'équipe sauta à terre alors que le pisteur disait « *Chui* ». Je reconnaissais le mot swahili pour léopard, c'était l'un des premiers animaux dont Madaba m'avait donné le nom. Au milieu des traces de gnous et d'antilopes qui avaient piétiné la piste, on pouvait deviner l'empreinte ronde, de seulement quelques centimètres, d'un léopard. Nous roulions à cinquante à l'heure et je me demandais comment il avait bien pu la voir. Franck ou ses pisteurs, à tour de rôle, voyaient une trace qui les intéressait et nous l'étudions.

Selon le type de sol sur lequel l'animal avait marché, l'observation de l'empreinte pouvait révéler sa taille, son sexe et son âge, jusqu'à pouvoir estimer avec précision l'heure à laquelle il était passé.

Le pistage est un voyage dans le temps. En suivant les traces, vous revivez les mouvements de l'animal en espérant avancer assez vite pour le rejoindre. Les indices du passé restent visibles un certain temps avant de disparaître à jamais. C'est un art d'une grande complexité qui se perd doucement sous les coups de l'urbanisation et de la fin de tous les modes de chasse. Avec les safaris, le pistage continuait d'exister et de se transmettre. J'observais les Massaïs travailler en essayant de comprendre. Parfois les indices étaient visibles mais la plupart du temps je ne voyais rien. Je voulais acquérir ce qui me semblait être un pouvoir surnaturel venu du fond des âges. Suivre un troupeau de deux cents buffles est facile, mais lorsqu'il s'agit de détecter l'empreinte délicate d'un grand koudou qui disparaît au milieu des herbes ou ne marque pas le sol pierreux, alors cela touche à la magie. Je voyais Franck et ses pisteurs avancer doucement, dans un état de concentration qui approchait la transe et devait bien égaler celui d'un neurochirurgien en pleine opération. Petit à petit, je comprenais que les pisteurs, lorsque la trace n'était pas visible, confirmaient qu'ils étaient sur la bonne voie par déduction. Ils interprétaient aussi bien ce qui était visible que ce qui ne l'était pas. Cela transcendait la technique, c'était un art faisant appel aux sens et aux émotions pour réussir.

Un matin, alors que nous prenions notre petit déjeuner au camp, je racontais à Franck les semaines que j'avais passées avec Madaba et je lui demandais si c'était aussi un bon pisteur.

« Il y a deux types de pisteurs, m'avait-il dit. Madaba, et les autres… C'est le meilleur. Personne ne peut l'égaler ni comprendre comment il fait. »

Chapitre 6

Madaba me donna une grande tape dans le dos alors que je m'adressais à lui en swahili pour la première fois. Nous ne nous étions pas revus depuis deux mois. J'avais travaillé dur l'apprentissage de la langue, motivé par mon désir de connaître les Tanzaniens, d'écouter les pisteurs et de mieux comprendre les subtilités de leur rapport à la brousse. Après avoir continué ma formation en suivant d'autres guides, je retrouvai Franck et son équipe à Kibaoni. Il faisait beaucoup plus chaud qu'en début de saison. Le Mbaragandu avait encore baissé, il ne restait qu'un fin manteau d'eau cristalline sur le sable. Les animaux se concentraient sur la rivière, chaque matin les lions rugissaient près du camp. Nous étions sans client, Franck peignait et j'en profitais pour faire de la photographie. J'avais gagné le droit de porter une arme pour ma sécurité, ce qui me donnait une indépendance nouvelle. Nous chargions dans le 4 × 4 la lourde caisse en bois du pique-nique, les sièges pliants et une table. Après le petit déjeuner, nous partions pour explorer à pied une zone que Franck avait choisie. Une grande pochette de toile verte, qui ne le quittait jamais, contenait toutes les cartes du Selous, datant de 1972. Le but de ces promenades était de découvrir des *chem-chems*, les sources creusées par les éléphants. Nous marchions plusieurs heures avant de redescendre déjeuner dans la rivière. Nous faisions la sieste à l'ombre, puis je profitais de la lumière en fin d'après-midi pour chercher des sujets à photographier. Madaba m'accompagnait, nous partions pieds nus dans la rivière. Dans le sable poussaient par bouquets de grandes tiges vertes et annelées comme de fins bambous, dont chaque feuille se termine par une épine. C'était le perchoir favori des guêpiers nains. Elles se pliaient lorsqu'ils venaient s'y coller comme des aimants et les oiseaux profitaient de ce mouvement de balancier pour s'élancer dans des vols courts et circulaires au ras du sol, pour attraper les insectes qui survolaient l'eau et le sable.

Madaba et moi marchions doucement et à bon vent pour approcher les animaux, mais les oiseaux s'envolaient loin devant nous, trop loin pour que je puisse les photographier avec mon 200 mm. Les petits pluviers couraient sur le sable, projetant derrière eux une ombre bleue de deux fois leur taille. Je ne découvrais les guêpiers que lorsqu'une tige élastique se mettait en mouvement au milieu des autres, indiquant que nous avions dérangé l'un de ces minuscules triangles de plumes vertes et jaunes. Même les martins-pêcheurs décollaient à bonne distance, criant pour alerter les animaux de notre progression. Quelle malédiction est la nôtre pour que nous ne puissions pas nous fondre dans la nature sans stratagème pour passer inaperçus ?

Pourtant, un guêpier virevolta autour de nous. Madaba riait et j'essayais de photographier l'oiseau au vol. Il était gros comme un colibri, la ligne turquoise de son sourcil faisait ressortir le rouge intense de son œil, donnant une expression sévère à tant de délicatesse. Il nous suivait en faisant des piqués spectaculaires, passant à quelques centimètres de nos pieds. Lorsque nous nous arrêtions, il se posait sur une tige jusqu'à notre prochain mouvement. Nous étions émerveillés et intrigués par ce qui ressemblait à un jeu, avant de comprendre que nos déplacements faisaient envoler les mouches tsé-tsé agglutinées près du sol et qu'il en profitait pour s'offrir un festin.

Nous nous assîmes près d'une mare, sur un amas de gros rochers noirs et arrondis comme un troupeau d'hippopotames sculpté dans la roche volcanique. Des vautours pleins de viande se laissaient tomber du ciel pour se baigner et boire avant de reprendre les airs. Pourquoi inspirons-nous cette peur aux animaux, même à ceux que nous ne pourchassons jamais ou qui n'ont pas eu de contact avec les hommes ? Ils peuvent s'habituer à notre présence, même s'apprivoiser, mais leur première réaction est toujours la crainte qui les fait fuir ou attaquer selon l'espèce et l'humeur du moment. Le petit guêpier était une exception et je me demandais s'il aurait pu être pris en exemple, si un seul individu pourrait changer toute la relation entre les hommes et les guêpiers. Je demandai à Madaba pourquoi, selon lui, les animaux avaient peur de nous :

« Nous sommes les seuls à avoir cette silhouette dans la brousse. C'est pour cela que si nous avançons à quatre pattes, ils nous laissent approcher un peu plus. Regarde les impalas : ils vont de compagnie avec les babouins, car ils donnent l'alerte depuis les arbres lorsqu'ils voient un léopard. Au moment des naissances, les babouins tuent des petits pour les dévorer, mais les impalas les laissent faire, ils ne courent même pas.

Peut-être que le sacrifice des petits vaut bien quelques attaques de léopard en moins. Mais nous, nous ne servons à rien pour les impalas, ni pour les autres. »

C'était merveilleux de jouer un autre rôle, en servant le guêpier nous faisions partie du cycle naturel. Il était possible, en marchant beaucoup, de voir des animaux n'ayant jamais croisé d'être humain. Pourtant nous étions presque chaque fois ramenés brutalement à notre condition, celle d'une exception sur Terre, comme si une odeur et un bruit constants nous précédaient toujours pour alerter les animaux de notre différence.

Il n'y a pas de violence ou de souffrance dans la nature, elles sont apparues lorsque nous avons enterré nos morts, lorsque nous sommes devenus des êtres humains. Mais il résiste en nous l'humilité de notre condition, de notre corps soumis aux mêmes règles immuables de la nature. Si nous en reconnaissons les faiblesses, si nous cherchons à comprendre les animaux sauvages, nous pouvons parfois, sinon nous faire oublier complètement, retrouver en nous le langage et les mouvements bénéfiques à notre cœur, parce qu'ils réveillent en nous l'empathie, premier symptôme de l'humanité.

En écoutant Madaba, je fouillais le paysage avec mes jumelles. Sur la rive opposée, deux lions mâles étaient couchés dans une tache d'ombre, sous un acacia. Je lui passai les jumelles pour qu'il puisse les regarder et un mouvement attira mon attention. Un lionceau était plaqué contre un rocher à seulement quelques mètres, en contrebas, dans la rivière. Sa tête restait parfaitement immobile, son regard fixé sur nous. Il prit sa décision après quelques secondes. Au lieu de fuir, il laissa tomber son cul sur le sable, ses deux grosses pattes de devant toujours décalées par la marche interrompue au moment où il nous avait vus. Immobile, il nous étudiait attentivement.

Il était maigre et, en le voyant séparé des autres, je me suis demandé ce qu'il faisait là. Nous nous attendions à voir une lionne surgir en pleine charge d'intimidation mais, après plusieurs minutes, aucun signe de la mère. Il devait avoir 6 ou 8 mois, peser dans les 45 kilogrammes et dépendait toujours de ses parents pour se nourrir. Il aurait dû chercher à s'éloigner un peu, pour rejoindre les deux mâles ou la bordure toute proche. Mais il restait là, sans manifester de peur ni de tension. Comme le guêpier, ce lionceau voulait peut-être changer les limites imposées par sa nature. J'avais déjà sorti mon appareil photo et je déclenchais joyeusement l'obturateur en essayant différents réglages. J'ai tout de suite eu envie de m'approcher encore plus près pour voir jusqu'où je pourrais profiter de sa curiosité. Avant de descendre du rocher, il fallait s'assurer qu'aucune lionne n'allait surgir pour le défendre et surveiller les deux mâles… J'ai demandé à Madaba de rester en hauteur pour m'avertir de tout mouvement suspect. Il savait quels étaient les détails du paysage à observer pour découvrir une lionne cachée et prête à bondir. Même si je pensais qu'elle aurait déjà dû se manifester, l'absolue confiance du lionceau pouvait laisser penser qu'il se sentait protégé, ce qui me freinait un peu dans mon élan artistique… Je me suis laissé glisser très lentement jusqu'au sable. Collé à la pierre, j'avais le nez à 50 centimètres des pieds de Madaba, sanglés dans les sandales en pneu portées par tous les Massaïs. J'ai réalisé que, malgré ma passion naissante pour la brousse, je n'aurais jamais un lien aussi fort que le sien avec cette terre. J'appartiens à un peuple qui met des chaussures à ses enfants avant même qu'ils n'apprennent à marcher. Quelques années plus tard, au Sud-Cameroun, j'allais penser la même chose en vivant avec les Pygmées Baka. Leurs pieds nus étaient aplatis, étalés, tellement souples qu'ils semblaient épouser les courbes des feuilles mortes et humides qui composent le sol de la forêt.

Malgré tous mes efforts, il me resterait toujours du chemin à parcourir pour découvrir les secrets gardés par la brousse et les Africains, des secrets auxquels mes origines m'interdiraient peut-être à jamais l'accès. Si le lionceau acceptait mon approche, alors je serais un peu réconforté.

En sortant de ma rêverie, je me suis tourné vers lui, il n'avait pas bougé d'un poil. Je voyais dans ses yeux ronds de la curiosité. Si je retenais son attention, il ne manifestait aucune nervosité, convaincu que l'issue de notre rencontre ne pouvait pas lui être défavorable. Cette attitude m'a encouragé à jeter un nouveau coup d'œil vers la bordure à la recherche d'une lionne. Je me suis allongé tout doucement et j'ai rampé vers lui, en maintenant mon appareil photo au-dessus du sable. Je craignais qu'il parte, alors j'alternais ma reptation avec quelques clichés. Tout à mon approche, je me suis vite retrouvé à quelques mètres de mon sujet et trop loin du rocher pour pouvoir y remonter en cas d'urgence. Sa queue restait mollement étendue sur le sable et son regard ne cherchait pas une direction de fuite. J'étais ému de le voir si tranquille. Alors que j'étais allongé tout près de lui, l'éclat du sable m'a un peu étourdi. Le chant ininterrompu des tourterelles, doux et régulier, a fini de me calmer. Le lionceau a semblé s'assoupir, ses yeux se sont fermés doucement. Il s'est lui aussi abandonné au calme et à la confiance, faisant disparaître les quelques mètres qui nous séparaient encore. Je ne voulais pas devenir l'ami des lions. Je savais que c'était impossible. Je voulais les comprendre. Découvrir les techniques qui me permettraient de les approcher toujours plus près. J'aurais aimé savoir pourquoi ce jeune mâle avait accepté de se laisser photographier. Peut-être qu'il était affamé et n'avait plus rien à perdre. Suivait-il les deux autres lions à bonne distance pour essayer de chaparder les restes de leur festin ?

Nous l'avons retrouvé quelques jours plus tard à une dizaine de kilomètres en amont, sur la même rivière et toujours sans sa mère. Il m'a paru encore plus amaigri. Comme nous avions chassé un bubale, nous lui avons laissé en cadeau un gros cuissot dont il a dû profiter. Je ne sais pas ce qu'il est devenu, ni quelle était son histoire. Il avait probablement cherché à vivre avec les deux mâles qu'il avait croisés, mais ils ne le laissaient plus approcher, en supposant que l'un des deux fût son père. Dans le cas contraire il serait déjà mort, car les lions mâles reconnaissent leurs petits et tuent ceux qu'ils n'ont pas engendrés pour privilégier leur propre descendance. J'imaginais la faim qui devait le tenailler, symptôme de la disparition de sa mère et contre lequel il ne pouvait rien. Sa solitude ne lui donnait que la possibilité de s'abandonner à son destin. J'étais triste de penser que ce que j'avais interprété comme une curiosité amicale à mon égard était peut-être un renoncement à lui-même. Après l'avoir photographié et regardé longtemps, j'étais reparti en rampant vers Madaba, qui me souriait :

« Tu es devenu l'ami du lion ! Vous êtes pareils tous les deux, en plus vous avez le même âge. »

Sa première phrase avait flatté mon orgueil ; j'ai été vexé en entendant la seconde, prononcée après une pause pour ménager son effet. Mais il avait raison.

Le seul lion que j'avais pu voir d'encore plus près avait été tué par un client. C'était au lever du jour, le guide et son chasseur l'avaient approché alors que je patientais avec les pisteurs dans le 4 × 4, à 1 kilomètre de là. Après avoir entendu le coup de feu, nous les avions rejoints. Ils étaient debout dans la lumière et le lion semblait dormir à leurs pieds. Je n'en croyais pas mes yeux et je m'approchais doucement, profitant du fait que le guide et son client racontaient la chasse aux pisteurs et ne s'occupaient pas de moi. J'avais passé ma main dans sa crinière, caressé son épaule et senti la puissance et la densité de ses muscles pourtant endormis par la mort. J'ai appris ce jour-là à reconnaître l'odeur du lion pour pouvoir la déceler dans la nature. J'aurais pu rester des heures à côté de lui pour rassasier mon œil et ma main de tous les détails dont je n'avais pas conscience jusqu'alors. Mes croquis et dessins se confrontaient pour la première fois à la réalité du sujet. Je comprenais que notre perception de l'animal est orientée par une interprétation culturelle mettant en évidence certains traits plutôt que d'autres, je découvrais la réalité à travers une foule de détails dont je ne soupçonnais pas l'existence. À ce moment, ma fascination pour lui occultait tout le reste. Après l'avoir chargé sur un lit de paille à l'arrière du pick-up, nous repartions vers le camp ; la chasse était terminée et pendant le voyage je continuais à l'observer. J'avais vu les pisteurs agir différemment avec lui. Ils l'avaient manipulé avec une délicatesse et des égards particuliers. À son contact certains souvenirs venaient caresser leur âme de guerriers. Depuis la nuit des temps, les hommes ont chassé des animaux sauvages pour se nourrir, se défendre, par défi ou fascination, aussi, comme le faisaient les Massaïs ou comme l'avait fait le client. Une grande différence entre nous et les autres prédateurs était le fait de rendre les honneurs à travers des rites et des célébrations qui ont traversé les frontières de l'espace et du temps. Toute l'action de chasse fait partie intégrante de cette célébration de l'animal, chaque mouvement du chasseur pour le rejoindre est une dévotion à son caractère et à ses sens pour pouvoir les déjouer. Il s'est opéré un changement profond dans notre rapport à l'animalité avec la domestication et l'élevage : la mort de l'animal n'a plus été la conclusion d'une quête pour se l'approprier, sinon que sa vie appartenait aux hommes depuis la naissance. Nous confronter à la dignité du sauvage entretient notre habileté et notre empathie.

En Tanzanie, cinquante à soixante personnes sont blessées ou tuées par les lions chaque année. Ils attaquent aussi les troupeaux de vaches gardés par des enfants qui risquent leur vie pour les défendre. Pourtant, les Massaïs admirent et respectent les lions, ils ne cherchent pas à les exterminer. Madaba me raconta que les jeunes guerriers, appelés « *morani* », partaient vivre en brousse, loin de leur *boma*. Ils se nourrissaient exclusivement de viande et se droguaient avec une plante grasse qui pousse au-dessus des plaines, dans les collines cerclées de forêts d'épineux. Ils restaient dans cet état plusieurs semaines et partaient chasser le lion. Ils pouvaient suivre la trace d'un grand mâle, le trouver aussi sur sa proie grâce aux vautours qui tournoyaient dans le ciel. Lorsqu'ils approchaient, le lion pouvait prendre la fuite ou décider de charger l'un des guerriers, qui recevait sur son bouclier de cuir 200 kilogrammes de fureur, pendant que les autres le perçaient de leurs lances. Cette pratique ancestrale a été interdite et Madaba évoquait le passé avec fierté et nostalgie. Ils admiraient le lion et s'appropriaient grâce à la réalité de la chasse ses mouvements, sa force et sa beauté. Sentir son odeur, éprouver le danger, garder en trophée la crinière dont ils fabriquaient une coiffe pour le guerrier valeureux, qui prenait dans ses mains la patte du lion, la soupesant, la caressant avant d'appuyer sur l'articulation d'un doigt pour faire jaillir la griffe rétractile noircie par le sang des proies.

Les Massaïs ont cessé de chasser le lion. Maintenant ils les empoisonnent lorsque les attaques sont trop régulières. Le lien de connaissance et de respect va-t-il s'éteindre entre les Massaïs et les lions, parce que sa chasse leur est interdite ?

Les pisteurs ne voulaient pas en parler. Je ne sais pas si c'était par tristesse ou s'ils avaient honte. Le poison est l'arme du serpent qui frappe au hasard, mais il faut bien défendre le troupeau. Je voyais bien que Madaba et les autres pisteurs avaient un regard différent sur le lion, dont ils ne devaient pas avoir peur, comme s'il s'agissait d'un principe accepté par tous. Un jour, l'un de mes pisteurs avait attrapé une machette pour taper sur un lion qui avait chargé la voiture, au lieu de se mettre hors d'atteinte en sautant vers l'avant du véhicule. Il fallait bien être massaï pour réagir de la sorte. C'était un lion mâle adulte, un fou furieux qui attaquait tout ce qui bougeait. Il disparut après quelques jours, comme un fantôme errant dans la nature et qui effrayait les créatures que le hasard mettait sur son chemin.

Lorsque nous croisions des animaux comme le guêpier nain ou le lionceau, les pisteurs disaient toujours la même phrase : « *Nafanana na mtu.* » « Il nous ressemble. »

Le comportement étrange ou amical de ces animaux était peut-être la manifestation, au hasard des rencontres, d'un pouvoir que nous ne savions pas utiliser.

Chapitre 7

Au mois de novembre, la chaleur annonçait l'arrivée des premières pluies et la fin des safaris. Le huitième et dernier de la saison allait commencer, peu d'équipes voulaient rester en brousse, fatiguées par l'intensité de ces mois de travail. L'éloignement de la famille commençait à jouer sur le moral des hommes, qui devenaient irritables. Lorsque la pluie tombait, les clients écourtaient leur séjour pour ne pas être bloqués en brousse. Il fallait que le petit avion puisse se poser sur l'aérodrome du camp, ou sur un autre s'il n'était plus praticable. Chaque zone disposait du sien et grâce à la radio nous suivions en temps réel l'état des pistes et celles qui pouvaient encore servir. L'ambiance de ce dernier safari était assombrie par les nuages bleu-gris, les serpents, les insectes et les scorpions qui envahissaient les salles de bains et tout ce qu'il y avait de pierres ou de ciment au camp. Le Selous devenait moins hospitalier et avait l'air de nous demander de partir, même si les paysages explosaient de couleurs et qu'un gazon prolifique colonisait les plaines brûlées et les forêts de miombo, comme des jardins. Dans les galeries forestières, des milliers de cigales lançaient sur une seule fréquence leur chant assourdissant. C'était une cymbalisation accordée sur une note aiguë, sans variation, si puissante qu'elle envahissait l'atmosphère et vous faisait mal au tympan. Les clients étaient des habitués qui encaissaient avec philosophie les averses et tout ce qui grouillait autour d'eux. Pour ma part, j'avais été envoyé en ouverture de pistes. La compagnie voulait créer l'année suivante un nouveau camp plus au sud, l'objectif était d'ouvrir le long des rivières et de prospecter la zone. En voyant la tête de l'équipe, j'imaginais bien ce qui nous attendait. Sefou était passé avec son camion pour récupérer les hommes choisis pour ce travail et ils n'avaient pas des têtes de volontaires…

Nous descendions vers la rivière Njenge, grande sœur du Mbaragandu, sèche et austère dans sa première approche mais qui hébergeait secrètement de grands et vieux éléphants. Elle serpentait dans un océan de collines sur lesquelles on trouvait des agates et du bois silicifié. En cherchant où établir notre premier bivouac, nous avions croisé une patrouille de *game scouts*. Ils transportaient à l'arrière du pick-up le corps d'un des leurs qui s'était fait tuer par un mamba noir. Le serpent l'avait mordu à la jambe pendant une patrouille, et il n'avait pas pu tenir plus d'une heure alors qu'il en fallait dix pour arriver au dispensaire. Ils n'avaient pas utilisé leur radio pour chercher une évacuation rapide ou demander notre aide. Je me demandais s'il s'agissait de fatalisme devant l'un des serpents les plus venimeux au monde. Je ne voyais pas d'autre raison. La réponse laconique et floue du chef avait éteint mes velléités de comprendre l'histoire. J'imaginais le sursaut de cet homme au moment où le serpent avait frappé, la terreur provoquée par la souffrance et la mort qu'il devait voir arriver trop vite, ou pas assez selon l'espoir qui résistait au fond de lui. Je savais bien que la brousse pouvait être dangereuse mais je ne m'attendais pas à voir la victime d'un mamba, d'autant moins que je n'avais pas entendu parler d'accidents avec les serpents. Peut-être que ce sont des histoires trop cruelles, qui restent secrètes parce qu'elles racontent l'injustice qui frappe au hasard.

J'avais attendu le lever du soleil pour demander aux hommes s'ils avaient vu beaucoup d'autres accidents en brousse. L'image du corps secoué à l'arrière du pick-up ne m'avait pas laissé dormir. Je ne savais pas que, dans ma propre équipe, un homme avait survécu à une attaque de lion. C'était Mponela, blessé à la fin des années 1980 pendant l'ouverture d'un camp. Ils étaient quelques-uns réunis autour du feu, assis sur des rondins et des pierres pour discuter de la journée de travail. Les flammes éclairaient les visages mais la nuit prenait le dessus à quelques mètres derrière eux. Ils n'avaient pas assez débroussaillé les alentours. Cela donna au lion une certaine tranquillité pour son approche et tout le temps pour regarder les hommes, prendre courage et attaquer des proies pourtant peu naturelles pour lui. On peut aussi penser qu'à cette époque le gouvernement tanzanien menait une guerre absolue contre les braconniers d'éléphants : les corps de certains hommes abandonnés aux fauves pouvaient leur avoir donné le goût d'une nouvelle viande.

Le lion surgit derrière Mponela, le jeta à terre et l'emporta dans la nuit après l'avoir mordu à l'aine. Les autres le poursuivirent en lui jetant les troncs et les pierres sur lesquels ils étaient assis, parvenant à lui faire lâcher prise avant qu'il ne disparaisse à nouveau dans la nuit. Quelques instants plus tard, il revint et attaqua le cuisinier. Encore une fois les hommes réussirent à le chasser. Si Mponela survécut, le cuisinier n'eut pas cette chance : il mourut de septicémie en moins de quarante-huit heures. Les griffes des félins sont creuses et remplies de viande en décomposition, dont les bactéries sont mortelles. Ils me racontèrent une autre histoire, cette fois toute récente. Les *game scouts* de la base de Kingupira avaient été prévenus d'une autre attaque et tué la lionne coupable après qu'elle avait essayé de chasser les hommes. La première fois, elle était presque rentrée dans la vieille tente un peu déchirée des ouvreurs du camp, qui y dormaient à cinq ou six. Heureusement, l'alerte avait été donnée avant que le pire n'arrive. Le lendemain, alors que l'équipe coupait des grandes pailles, elle essaya de manger un des ouvriers. Par chance, c'était une vieille lionne visiblement malade et très amaigrie. Il la vit arriver d'un air hésitant, sans se cacher, affaiblie par la faim. Il monta dans un arbre pour éviter la mort. Un lion en pleine possession de ses moyens, comme celui qui s'en était pris à Mponela vingt-cinq ans plus tôt, aurait fait une véritable approche de chasse, invisible et silencieuse, précédent une charge dont il n'aurait pas pu se sauver.

Nous voyions les nuages s'amonceler dans le ciel, la chaleur était étouffante mais nous continuions le travail sans nous poser de question. Grâce au GPS et aux anciennes cartes du Selous, j'avais pu me faire une idée du tracé de la future piste. Les cartographes avaient représenté par de fines lignes rouges tous les chemins d'animaux visibles depuis les airs, dessinant un réseau infini de circulation à travers les collines. C'étaient des sentiers propres de 40 ou 45 centimètres de large, créés et tassés par des générations d'éléphants. En parcourant ces sentiers millénaires, l'orientation et l'aspect de ces coulées permettaient de deviner quel chemin menait à la rivière, quel autre permettait aux éléphants de descendre dans un ravin pour trouver de l'eau, de la fraîcheur ou de la nourriture.

Après avoir choisi le point de départ sur la carte, je trouvai une jolie courbe dans la rivière pour monter notre campement. En creusant, l'eau apparaissait fraîche et pure, filtrée par le sable. Nous avions fait un trou profond pour que toute l'équipe puisse remplir les gourdes et taillé une marche pour y descendre, à une centaine de mètres de notre camp, bien au milieu du Njenge. L'art de s'installer en brousse avec un certain confort est amusant. Franck m'avait offert un grand hamac en coton que je roulais dans mon sac de marin. C'était plus agréable que la petite tente igloo qui finissait toujours sale et trouée par les fourmis, en plus de me faire dormir par terre. Pour me protéger des lions, j'attachais une extrémité du hamac au camion, l'autre sur un pieu planté dans le sable, et j'allumais des feux qui illuminaient joyeusement la grande plage. Je pouvais m'endormir en regardant les étoiles.

Le nouveau bivouac installé, nous démarrâmes le tracé de la piste. Je suivais le plus possible les chemins d'éléphants, avec un homme qui marquait les arbres pour que l'équipe sache où couper et passer avec la niveleuse. En cas de doute, je partais seul devant pour contourner un passage difficile. Le premier jour de travail, je me retrouvai, à seulement 4 kilomètres de notre but, devant un grand lac, visible sur la carte, où personne n'était jamais allé. Je passai une colline après l'autre, marchant seul pour atteindre les coordonnées que j'avais entrées dans mon GPS. Je découvris un nouveau petit paradis, comme il en existait beaucoup dans la réserve. Caché au cœur des collines s'étendait le lac, dont la pointe se terminait en marécage. C'était un plaisir intense que de contempler cet endroit et j'avais l'impression d'arriver dans le cratère du Ngorongoro... Juste en dessous de moi, à l'endroit où les pailles étaient hautes, je vis une centaine de taches noires. Un grand troupeau de buffles avançait lentement, suivi par un nuage de pique-bœufs et d'aigrettes blanches. Trois grands éléphants mâles arrachaient les herbes du lac avec leur trompe, les rinçaient dans l'eau pour en nettoyer les racines avant de les manger. Au nord du lac, des canaux d'eau profonde disparaissaient dans l'ombre bleutée d'une palmeraie. Malgré mes efforts, je n'arrivais pas à trouver d'accès suffisamment large pour faire descendre la piste. Je me sentais partagé entre la joie éprouvée à la vue d'un tel spectacle et l'envie de faire demi-tour pour ne pas déranger les animaux. La piste allait s'arrêter assez loin pour que le lac ne soit accessible qu'à pied, et cela me plaisait.

Dans une admirable discrétion, Sefou ne m'avait pas prévenu qu'il était le seul membre de l'équipe à faire le ramadan. Il passait la journée entière à suer et souffrir de la soif. La chaleur de novembre nous heurta de plein fouet. Il restait bravement assis dans son camion, le faisant avancer doucement au fur et à mesure que la piste s'ouvrait devant lui, pris entre la chaleur du moteur et la poussière soulevée par la niveleuse. Nous faisions demi-tour un peu avant le coucher du soleil, les réserves d'eau emportées pour la journée de travail étaient épuisées et nous avions hâte d'arriver au camp pour nous doucher et nous détendre. À la lumière des phares, nous sommes descendus dans la rivière pour retrouver notre campement. Entre les tentes, il y avait cinq lions couchés sur le sable. Nous étions fatigués, ce spectacle était d'autant moins amusant qu'à notre arrivée ils n'ont pas daigné se lever. Assis dans la cabine à côté de Sefou, je ne savais toujours pas qu'il mourait de soif. Il a dû ressentir la présence des fauves comme une injustice terrible face au jeûne et à la discrétion qu'il s'imposait. Il fallait les faire partir pour que tout le monde puisse descendre. Nous avons essayé de les effrayer avec le camion, en faisant gronder le moteur, jusqu'à ce que les roues du MAN commencent à patiner sur le sable. Nous n'étions qu'à 20 mètres d'eux mais ils ne bougeaient toujours pas, visiblement contents d'avoir pris possession d'un bout de plage confortable et d'un point d'eau. La situation était assez humiliante pour la douzaine d'hommes perchée sur les énormes machines. Nos cris leur faisaient tourner un peu la tête vers nous, puis ils retombaient dans une feinte rêverie pour bien montrer qu'ils étaient chez eux et n'avaient pas l'intention de quitter les lieux. Pour couronner le tout, le camion était ensablé et je criais au chauffeur du Caterpillar d'avancer avec sa machine. À l'approche de l'énorme niveleuse, les lions se sont finalement levés, pour partir au petit trot vers le milieu de la rivière. C'était le signe évident que, loin d'avoir été effrayés, ils voulaient seulement sortir de la lumière des phares pour se cacher un peu dans la nuit. Dans le cas contraire, ils auraient rejoint la berge et ses hautes pailles. Progressivement nous avons repris possession de notre campement.

Je jetai à terre mon grand sac de marin pour sortir mon hamac et de quoi me changer. Tout occupé à mon installation, j'entendis derrière moi la voix de Sefou :

« François, j'ai soif.

– Tu n'as pas d'eau ?

– Non, je vais en chercher dans le puits.

– Attends-moi, les lions ne sont pas partis. »

Je laissai le hamac à moitié accroché pour récupérer dans ma cantine une lampe torche et voir si les lions étaient bien partis. J'attrapai mon arme dans la cabine du camion, attachai ma cartouchière et m'approchai des hommes en chargeant mon arme.

« On y va ! Attention aux lions qui sont peut-être encore là…

– Sefou est là-bas…

– Comment là-bas ? »

Le cuisinier pointa du doigt l'obscurité en direction de notre puits. Une horrible frayeur me gagna et je lui criai de m'attendre.

Tout en courant, j'allumai la lampe pour le chercher dans la nuit. Une image terrifiante apparut dans la lumière. Les cinq lions étaient aplatis sur le sol, en embuscade, alignés flanc contre flanc. Juste devant eux se distinguait la silhouette rondouillarde de Sefou. Évidemment, à la seconde où j'avais éclairé, il s'était arrêté net. Il restait parfaitement immobile en face des lions qui heureusement ne bougeaient pas non plus. Je m'approchai le plus vite possible, en essayant de ne pas courir pour que le faisceau lumineux reste stable et pouvoir tirer s'il le fallait. Une lionne se releva doucement. Assise, elle avait adopté la position du léopard naturalisé de mon enfance. Elle regardait Sefou un peu par en dessous, tête basse, les oreilles légèrement aplaties en arrière, dans une attitude qui évoquait plus une attaque imminente que de la curiosité. Je voyais sa queue frapper nerveusement le sable. Ayant rejoint mon compagnon, je savais que nous étions maintenant hors de danger, grâce à la lumière qui aveuglait les lions et à mon arme. Il fallait les faire partir pour avoir accès à l'eau et je ne voulais pas non plus qu'ils reviennent dans notre campement. Je visai soigneusement le sable, un mètre à côté de la lionne, et j'envoyai une balle de.470. Effrayés par la puissance du coup de feu et l'impact de la balle au sol, ils s'éloignèrent vers la berge opposée. Ils se couchèrent à nouveau juste en bordure des pailles. Sefou se jeta sur le trou d'eau avec sa tasse d'étain et commença à boire sans s'arrêter pendant plusieurs minutes, assis sur la marche au bord du puits. Peut-être que le lecteur ne comprendra pas comment un homme peut partir seul dans la nuit, sachant que des lions rôdent dans l'obscurité. Pour le comprendre, il faut avoir déjà eu soif. Cette soif qui tourne à l'obsession, quand chaque particule de votre être semble réclamer à boire, que vous sentez la fièvre monter et vos jambes refuser bientôt de vous porter, endolories par les crampes. J'admirais la foi de Sefou, capable de tant de discrétion malgré la chaleur et son embonpoint qui rendaient encore plus difficile cette abstinence. Je me sentais coupable de n'avoir pas vu qu'un homme de mon équipe travaillait toute la journée sans boire. Pendant qu'il se désaltérait en souriant, assis dans le sable, j'éclairais les lions couchés à une centaine de mètres. On voyait leurs yeux briller et je pouvais distinguer leurs corps jaunes lorsqu'ils se levaient, de temps en temps. Ils avaient l'air de vouloir rester près de nous. Cette nuit-là, j'ai tout de même monté ma petite tente pour dormir à l'abri. Le hamac est resté à moitié accroché, pendant au camion comme le drapeau de ma confiance, en berne jusqu'au lendemain.

Lorsque les premiers orages ont éclaté, nous étions loin dans les collines. Nous remontions un *korongo* qui se remplissait à vue d'œil. La nouvelle piste le traversait plusieurs fois et nous avons levé le camp en urgence pour ne pas être bloqués par la montée des eaux. En arrivant sur le Njenge, nous avons tendu l'antenne radio entre deux arbres pour appeler Dar et demander l'autorisation de rentrer. Il nous fallait traverser les deux tiers du Selous. Si les pluies continuaient, nous allions embourber le camion souvent et arriver trop tard pour traverser la plaine de Kingupira, qui se transformait en marécage. La saison se terminait. Assis à côté de Sefou, j'avais plusieurs jours pour penser. Le voyage en camion était déjà celui qui me ramenait en France. Lorsque nous avons quitté la piste pour l'asphalte de la route, j'ai senti à nouveau l'appréhension oubliée, celle qui me nouait les tripes depuis toujours. Je n'étais pas encore guéri, le goudron noir et lisse, c'était le chemin des souvenirs.

Chapitre 8

J'étais assis à gauche de grand-père. Il avait passé la matinée à travailler Urcos, un cheval de saut d'obstacles gigantesque qui mesurait 1 m 80 au garrot. Il l'avait ramené à l'écurie juste avant le déjeuner et s'était assis à table sans se changer ; son blouson en daim était imprégné par l'odeur de l'animal. J'ai été surpris et ému lorsqu'il m'a pris la main, un geste affectueux dont il n'avait pas coutume, il faut dire que je n'avais pas souvent l'occasion d'être assis à côté de lui. Je regardais ma main dans la sienne et j'observais le bracelet en poils d'éléphant qui ornait son poignet. Ce n'était pas l'objet – malheureusement pour les éléphants – mis à la mode à une certaine époque, tressé à plat et orné d'un fermoir en or ou en argent. C'était un bracelet confectionné par Mponela, celui-là même qui avait survécu à une attaque de lion et qui travaillait comme taxidermiste sur le camp de Luwele. Le bracelet épais était surmonté de deux nœuds coulants permettant de le resserrer. Il était noir et brillant, encore imprégné par l'huile que Mponela utilisait pour que les crins restent souples. J'avais 13 ans à l'époque et je regardais cet objet extraordinaire avec envie. Je me demandais quelle était l'histoire de cet éléphant, et le fait d'avoir sous les yeux une trace de son existence, si loin de l'Afrique, m'impressionnait. Il traitait cette relique avec les égards dus à sa provenance, choisissait avec soin les moments pour la porter. Il le faisait avec l'affection que l'on a pour un objet personnel évoquant un souvenir heureux, mais aussi le regret de ne pas appartenir à l'autre monde, celui des éléphants et de la nature sauvage. Il l'enlevait toujours lorsqu'il rentrait à Paris, et un matin, alors qu'il était parti pour la gare, j'étais entré discrètement dans la chambre de mes grands-parents pour chercher le bracelet. Il était posé sur sa table de nuit. Je l'avais passé à mon poignet quelques secondes avant de le remettre en place. Ma fascination avait tourné à l'obsession, sans que je puisse comprendre ce qui l'inspirait. Comment mon grand-père pouvait-il avoir eu accès à un privilège si grand sans que cela change toute sa vie ? Pourquoi était-il encore reparti à Paris ? Cet objet avait une emprise mystérieuse et presque douloureuse sur moi. C'était un appel puissant mais que je ne pouvais pas assouvir ni exprimer.

Un an plus tard, au mois d'avril, mon grand-père était décédé. Quelques mois s'étaient écoulés après l'enterrement quand mon père me dit que nous allions rentrer dans une des chambres de la maison où des objets lui ayant appartenu étaient entreposés. J'ai été surpris de pouvoir garder un souvenir de lui : nous étions une famille nombreuse et, lorsque ce fut mon tour, je ne savais pas ce que j'allais trouver, ce qu'il resterait pour moi. Je ressentais un profond malaise devant cette mise en scène. Ceux qui entraient dans la chambre parlaient à voix basse, comme si mon grand-père était étendu là, sur le lit d'à côté, et qu'on lui demandait la permission de se servir. J'étais la petite hyène qui venait à la fin du repas pour profiter de quelque chose. Je cherchais comment agir autrement, sans trouver de réponse. Il n'y avait pas de manière moins affligeante de procéder. Comment avaient-ils partagé ces objets, ces souvenirs ? Etait-ce par ordre d'âge ? Avaient-ils trouvé des accords, fait des compromis ou des échanges ? J'étais le dernier à entrer pour choisir. Sur l'un des deux lits de la chambre étaient présentées quelques montres de luxe, et d'autres petites choses qui n'évoquaient rien pour moi. Au milieu de ce qui restait sur le couvre-lit jaune, il y avait le bracelet en poils d'éléphant.

Personne n'avait choisi la voie de l'Afrique, des souvenirs de brousse. Pourtant, c'était le seul objet qui évoquait la nature, le lien à la terre et au voyage. Je me suis assis sur le lit voisin et j'ai levé mes yeux vers mon père et ma grand-mère.

« Je peux choisir ce que je veux ?

– Oui, ce que tu veux. »

J'avançai ma main vers le bracelet et le passai à mon poignet sans y croire : il était à moi. J'allais en prendre soin. Il allait m'emmener où il voulait. Je levai les yeux vers mon père et ma grand-mère, qui m'observaient, visiblement étonnés de mon choix.

« Tu es sûr, François, que tu ne préfères pas autre chose ? Quelque chose que tu pourras peut-être transmettre à tes enfants aussi ? Tu peux prendre le temps de réfléchir. »

Ils ne comprenaient pas. Ma grand-mère semblait gênée.

« Il ne peut pas juste garder ce bracelet. Dis-lui de choisir autre chose. »

Je choisis une montre, la passai à mon poignet à côté du bracelet, remerciai ma grand-mère pour sortir de la pièce. La famille luttait pour tenir face au doute, aux pressions, supporter la douleur infligée par les journaux et l'entourage du président. Ces derniers y allaient de leur point de vue, visiblement satisfaits, heureux même, de raconter leur version. Ils utilisaient les mêmes expressions, ils finissaient par se ressembler, comme s'ils portaient le même masque épais, alourdis par les couches de fard graisseux, tartinés de postures, de certitudes, le sourire en coin, contents d'eux, ils buvaient du petit-lait, se vautraient dans les privilèges chez eux, au palais de l'Élysée. Cela leur donnait l'occasion de réaffirmer leur connivence. Ils étaient vraiment intouchables.

Lorsque je rentrai de Tanzanie, beaucoup d'amis de la famille me lancèrent, d'un air entendu :

« Alors, tu suis les traces de ton grand-père en Afrique ? »

Ils devaient penser à la chasse, c'est sûr. J'allais chasser en Afrique comme mon grand-père. J'étais désarçonné par cette phrase autant que par l'expression absolument identique de tous ceux qui la prononçaient. Je souriais et répondais que oui, pour ne pas les contrarier. Après tout, ils voulaient être gentils et ils croyaient savoir. Mais j'avais fait un choix bien différent, ce n'était pas la chasse qui m'avait poussé à partir. Avant même d'arriver en Afrique, je savais que je ne partais pas pour des vacances, mais pour aller voir le monde que mon grand-père avait eu la chance de côtoyer. Le bracelet en poils d'éléphant, ses souvenirs rapportés de Tanzanie avaient été les indices me mettant sur la piste de quelque chose qui n'existait pas en Europe. Les guides et les pisteurs vivaient de l'observation de la nature et connaissaient les secrets que je voulais découvrir depuis l'enfance. Le fait de vivre la brousse en immersion totale et pour des périodes si longues avait des conséquences profondes sur les hommes : celles de changer les corps, la façon de se mouvoir et les rapports humains. En partageant des aventures avec Franck et Madaba, je voyais bien que leur vie en Afrique était une mise en abîme, une quête servie par la logistique des safaris, qui permettait à ceux qui le voulaient de découvrir les secrets de la nature, un privilège qui était avant tout une vocation.

Nous avions mis une semaine entière pour rentrer à la capitale et j'avais retrouvé plusieurs guides à la maison de la plage. Tous avaient terminé la saison et chacun rangeait consciencieusement armes et bagages avant de prendre l'avion. Gérard allait arriver dans la soirée de France, j'étais curieux et terrifié de le rencontrer. Vers 23 heures, j'entendis le coup de klaxon d'une voiture qui arrivait à la maison et je regardai par la fenêtre le Massaï ouvrir le grand portail en bois. Un 4 × 4 que j'avais toujours vu garé au bureau entrait dans le parc et je vis Gérard en descendre. Il marchait vers sa maison d'un pas assez lent, la tête haute, le regard portant loin devant lui, content d'arriver en Afrique. Je m'étais assis sur le canapé du salon et me levai lorsqu'il ouvrit la porte.

« Ah, vous êtes là ?

– Oui, bonsoir monsieur.

– Vous êtes arrivé quand ?

– Avant-hier, je suis revenu avec le camion d'ouverture des pistes.

– Alors, il paraît que vous montez sans autorisation dans la voiture des guides, pour aller chercher les buffles blessés ? »

Je ne savais pas comment répondre, désarçonné par cette question posée avec la sévérité d'un reproche. Son expression changea devant mon embarras, il souriait.

« C'est bien. J'en connais qui n'y vont pas. Votre grand-père m'accompagnait toujours, il était courageux. »

Lorsque Gérard évoqua son ami, je baissai les yeux vers le bracelet en poils d'éléphant que je ne quittais plus. J'avais envie d'évoquer les circonstances de sa mort avec lui, mais j'étais trop impressionné pour orienter moi-même la conversation. Je l'observais pendant qu'il se servait à boire ; il avait posé sa veste sur un fauteuil et portait une chemise en lin blanche, à manches courtes, et un pantalon beige dont le pli avait résisté au vol long-courrier. Il portait lui aussi un bracelet en poils d'éléphant, identique à celui dont j'avais hérité. À la différence de mon grand-père, j'imaginais que lui ne le quittait jamais : sa vie étant construite autour de l'Afrique, il avait le droit d'emmener la brousse partout où il allait. Je voulais avoir le même privilège et je choisis de m'accrocher à mon rêve, plutôt que de parler à Gérard de mon grand-père. Il s'assit devant moi. Sa peau était tannée par le soleil, il avait déjà 70 ans mais l'énergie qui se dégageait de lui n'était pas celle que l'on associe à cet âge. Je voyais que c'était un homme d'action qui avait pris soin de lui. Je l'imaginais facilement en brousse avec ses pisteurs ou s'adressant à un chef d'État, avec l'aisance de ceux qui n'ont rien à prouver, celle du militaire de carrière auquel il me faisait penser, avec ses cheveux blancs coupés très court.

« Il faut que vous repreniez vos études. Cela vous permettra d'exercer un métier et de revenir quand vous le souhaitez en Tanzanie, vous serez toujours le bienvenu.

– Je voudrais devenir guide.

– Je vous le déconseille fortement. La chasse en Afrique n'a pas d'avenir, la démographie galopante et les écologistes de tous bords y mettront un terme très vite. Et puis guide, ce n'est pas un métier. »

Gérard était un visionnaire, il savait que le métier de guide était un privilège créé pour servir une entreprise si fragile devant les évolutions du monde qu'elle ne pourrait pas perdurer. La chasse résistait parce qu'elle servait la conservation dans des zones inaccessibles, elle était encore confidentielle et avait sa place dans la gestion des espaces protégés.

« Pensez à votre futur, à construire une vie de famille. »

Ses arguments ne pesaient pas lourd devant mes sentiments, d'ailleurs il l'avait déjà compris.

Il y avait une contradiction entre son discours et ce qu'il avait fait lui-même. Il me parlait du sentiment de solitude des guides de retour en Europe, et cet argument m'encourageait plus que tout autre puisque je le vivais depuis l'enfance. C'est en brousse que j'avais rencontré les hommes que j'admirais et que je choisissais de prendre en exemple. Je voulais vivre ces aventures du passé. Celles des explorateurs, des chasseurs et des naturalistes, les restes d'une époque où la curiosité l'emportait sur les a priori, mais en respectant les règles strictes et modernes de la conservation des espèces. La réserve était protégée par l'argent des riches clients, ce qui serait aussi logiquement attaqué dans un futur proche. Mais nous n'en étions pas encore là. La compagnie de safaris n'était pas qu'une entreprise. Dans l'une des plus grandes réserves du monde, Gérard avait créé un monde à part, une famille avec des valeurs et des objectifs que je préférais de loin à la réalité que j'avais connue en Europe. Je n'y aurais renoncé pour rien au monde.

Chapitre 9

Matthieu était le dernier conservateur du parc national du Manovo-Gounda St Floris, à la pointe nord de la République centrafricaine. Nous nous étions rencontrés en Tanzanie, où il était venu guider des safaris. Passionné d'oiseaux, il m'avait fait découvrir en quelques heures des espèces dont je ne connaissais pas l'existence, me donnant aussi le nom des plantes et leurs vertus médicinales. Il était arrivé en Centrafrique juste après sa naissance ; ses parents s'y étaient rencontrés et son père, réchappé des camps, parachutiste, était un aventurier qui avait commencé comme pêcheur sur le fleuve Oubangui, avant de s'établir dans le nord pour y développer les safaris de vision et de chasse.

La Centrafrique n'avait à l'époque rien à envier aux plus beaux parcs d'Afrique de l'Est : de grandes savanes entrecoupées de forêts-galeries très denses abritaient des animaux extraordinaires et méconnus, comme les bongos, ces très grandes antilopes rouges comme la terre, rayées d'une douzaine de fines lignes blanches, avec une crinière dorsale et des cornes épaisses en forme de lyre. C'était aussi le pays des éléphants, des girafes, de tous les grands félins et antilopes. À la fin des années 1980, alors que le braconnage décimait les éléphants sur tout le continent, Matthieu luttait pour protéger ceux de la Gounda, risquant sa vie avec ses amis centrafricains, les mêmes avec qui il jouait enfant. Il s'agissait de se battre contre les braconniers les plus déterminés, organisés et entraînés d'Afrique. C'était des colonnes de centaines de Soudanais, à cheval et à dos de chameau, qui poussaient toujours plus loin leur poursuite de l'ivoire, jusqu'au centre du pays, atteignant aussi le Cameroun et le Tchad. Dans certains villages, ils réduisaient en esclavage des jeunes hommes habitués à vivre en brousse. Ils menaçaient de tuer leurs familles s'ils ne les servaient pas pour pister les éléphants et porter l'ivoire. Ils étaient armés d'AK-47, une arme militaire de petit calibre pour de si grands animaux, mais les balles blindées pénétraient la boîte crânienne jusqu'au cerveau ou atteignaient le cœur. Cela requerrait une grande précision, un tir chirurgical pour ne pas laisser partir les éléphants blessés. S'il s'agissait d'un troupeau, ils faisaient tomber d'abord la matriarche, puis éliminaient ceux qui restaient autour pour la défendre, un par un. Chaque kilo d'ivoire comptait et ils les tuaient absolument tous. Les petits non plus n'étaient pas épargnés car ils les gênaient pour découper la mère, avec leurs barrissements et leurs petites charges dérisoires. Pendant cette période, Matthieu vivait avec sa famille dans le parc, qu'il essayait de sauvegarder. Ses deux premiers enfants, deux filles, furent élevés au milieu de la nature sauvage. Son aînée avait été baptisée par les Centrafricains Yassi Gounda, la « fille de la brousse ». Il était prévenu lorsque les Soudanais entraient dans le pays et il cachait sa famille jusqu'à ce que le danger soit passé. À l'époque, les moyens de communication en dehors de la radio étaient réduits : pas de connexion internet, cela avait le mérite de protéger les populations de la propagande. Matthieu avait gardé de cette période une cicatrice profonde qui ne se refermerait jamais. Il disait souvent que l'Afrique est une cruelle maîtresse. Livré à lui-même, il avait dû abandonner la Gounda avec l'arrêt des financements, les difficultés d'un pays pauvre et divisé.

Il avait repris cependant une zone dans la réserve du Bamingui-Bangoran, proche du parc national, où il y avait encore des animaux, et il m'avait proposé de le rejoindre pour continuer ma formation. La Centrafrique étant au nord de l'équateur, les saisons inversées avec la Tanzanie me permettraient de passer plus de dix mois en brousse dans les deux pays : je m'étais lancé dans l'aventure.

Un programme financé par la Communauté européenne, appelé « Zones cynégétiques villageoises », servait à protéger les savanes et les forêts-galeries en s'appuyant sur le tourisme cynégétique. La majorité de la viande de chasse revenait aux villages et les bénéfices générés servaient à améliorer la qualité de vie des populations isolées et abandonnées par la capitale, Bangui. Comme en Tanzanie, de nombreux corps de métiers intervenaient dans la vie des campements. Les pisteurs centrafricains étaient réputés pour être parmi les meilleurs. La chasse coutumière était une des seules ressources et le talent des pisteurs centrafricains était valorisé grâce aux safaris de chasse. Comme dans beaucoup de pays d'Afrique, d'immenses territoires étaient protégés, des emplois créés grâce à des guides de chasse passionnés qui travaillaient pour protéger la faune dans les régions qui n'intéressaient pas le tourisme photographique ni les grandes ONG.

Matthieu était aussi un passionné de photographie et je sentais bien qu'il aurait aimé guider des photographes plutôt que des chasseurs. Lorsque nous nous sommes connus un peu mieux en Centrafrique, j'ai été surpris de voir qu'il méprisait la plupart des chasses, peut-être à l'exception de l'éland de Derby, la plus grande antilope d'Afrique, réputé pour marcher sans cesse et dont la quête était réservée aux clients ayant une bonne condition physique. Il parlait sango aussi bien que n'importe quel Centrafricain et avait un lien charnel avec ce pays dont il connaissait l'histoire, les traditions et tous les recoins. Grâce à lui, je comprenais mieux l'aspect humain du métier, l'importance de parler la langue pour comprendre un peuple discret et réservé. Il était respecté et on sentait bien qu'il était protégé par une force étrange ; les regards sur lui n'étaient pas ceux que les Africains portaient sur les autres Blancs. Son père avait été initié à la magie, et je pense que son pouvoir à lui venait de l'amour inconditionnel qu'il portait au pays, aux hommes comme aux animaux. Les guides que je rencontrais avaient un profil différent de ceux que j'avais côtoyés en

Tanzanie, où l'industrie du tourisme développée et la stabilité politique facilitaient l'organisation des safaris. En Centrafrique, tout était plus difficile. Il fallait pallier le manque de ressources par de l'inventivité et, sans une grande solidarité entre les amodiataires, il aurait été impossible de réussir. Après avoir fait les approvisionnements pour commencer la saison, ils partaient en brousse en convoi, avec un itinéraire bien choisi et presque sans s'arrêter pour éviter d'être attaqués par les coupeurs de route. Les sociétés étaient réunies par petits groupes en fonction de leurs affinités, certaines partageaient même la direction logistique et l'accueil des clients à Bangui. Nous avions passé une quinzaine de jours pour faire les achats en ville avec Matthieu et préparé les véhicules pour traverser les deux tiers du pays vers la zone de chasse. Nous partagions le chargement des camions avec deux autres organisations et, en traversant de nuit les régions les plus dangereuses, nous pouvions passer pour un convoi militaire. Matthieu était capable de conduire pendant vingt-quatre heures sans s'arrêter, comme les Argentins, en fumant une cigarette après l'autre. La voiture se remplissait de paquets vides. Il parlait peu, et la seule différence entre la première et la dernière heure du voyage était qu'il était un peu plus courbé sur le volant. Il ne semblait jamais se préoccuper de l'insécurité, ce qui renforçait ma conviction qu'il était protégé par un grand pouvoir.

Entre la préparation de la saison, la chasse et la fermeture, nous partions pour huit mois sur le terrain. J'avais 20 ans et les contacts avec ma famille se faisaient par courrier que les clients ou Françoise, la femme de Matthieu, apportaient lorsqu'ils venaient en safari. Elle venait avec ses trois enfants. Le dernier né était un petit garçon de 4 ans qui s'éveillait au monde en pleine nature. Nous passions Noël ensemble, on décorait de guirlandes un citronnier planté devant le mess du camp. L'arrivée du père Noël se faisait en fusée car il faisait trop chaud pour que les rennes viennent sous ces latitudes. Lorsqu'il repartait, après avoir laissé les cadeaux, on entendait le coup de tonnerre du vaisseau spatial passant le mur du son.

Matthieu m'avait rapidement envoyé à la frontière du Tchad pour y monter un camp. Je devais traverser le parc de la Gounda où j'allais faire escale avec le pisteur qui m'accompagnait. Malgré le braconnage, il restait encore des animaux et j'avais pu photographier un grand éléphant à quelques mètres. Nous avions aussi croisé des lions, de grands troupeaux de buffles et des antilopes dans les plaines traversées par la rivière. Matthieu m'avait raconté beaucoup d'histoires sur la Gounda, son paradis perdu, et donné pour le voyage une grande sagaie pour aller à la pêche. Les bords de la rivière étaient envahis de hautes herbes où des poissons étranges se réfugiaient pendant la journée. Il y avait la perche du Nil, le tilapia, une sorte d'anguille géante à tête de poisson-chat appelé « 6 mètres », le « poisson-téléphone », émettant un claquement que l'on entend depuis la surface et armé d'une terrible épine dorsale venimeuse, et les poissons électriques qui, lorsqu'ils se gonflent, ressemblent à des phoques, sans écailles, capables de libérer une décharge si puissante qu'elle peut vous faire perdre conscience.

Sans-Famille, l'un des pisteurs de Matthieu, m'accompagnait dans le nord et il était heureux de revoir la Gounda. Nous nous étions arrêtés au village pour saluer ses connaissances. L'arrivée dans un village perdu en Afrique centrale est un événement pour les habitants et une petite révolution dans le cœur du voyageur. Il ne passe pas grand monde par ces villages et vous sentez que votre arrivée perturbe la quiétude, nourrit aussi certains espoirs de changement. Vous avez peur de décevoir. Quelle trace allez-vous laisser ? Et comment ne pas être touché par le décalage abyssal entre notre quotidien et le leur ? Comme nous étions près de la frontière, l'influence du Tchad se faisait sentir, l'harmattan charriait les odeurs, la lumière et les couleurs du Sahel. À seulement quelques kilomètres de là, c'était une transition brutale entre chrétiens et musulmans. Je regardais les objets qui avaient pu arriver jusqu'ici, des objets choisis, passés par la sélection des prix, du marché, des frontières et de la place disponible sur les rares véhicules qui pouvaient les acheminer dans la région. Ils étaient passés par le filtre de ceux qui avaient acheté avant et plus cher des miettes pour un village isolé, perdu en brousse, des familles dont le sort n'intéressait pas grand monde. Des cigarettes, des grosses piles pour les lampes torches chinoises vendues dans toute l'Afrique, des ustensiles de cuisine ou des sandales, des étoffes et des allumettes. On se sent un peu merdeux lorsqu'on est né ailleurs, là où l'on gaspille. La sobriété du mode de vie, l'énergie et les sourires me renvoyaient à la faiblesse induite par la surabondance dont j'avais profité et qui me revenait dans un souvenir écœurant. Je vivais depuis de longs mois en brousse et j'avais oublié les piles de croissants des boulangeries, les supermarchés, l'odeur de bouffe à midi dans Paris, les rues dans lesquelles il y a toujours quelque chose à vendre.

J'avais saisi les regards des hommes vers la sagaie accrochée dans la voiture. Sans se concerter et avec une spontanéité émouvante, chaque homme partait chercher la sienne avant de revenir continuer la conversation comme si de rien n'était. Après quelques minutes, ils étaient tous armés, souriants et confiants dans la suite des opérations. Sans-Famille était connu de tous, et puisque nous avions la chance de passer au village avec une Toyota, la question ne se posait pas. Avec une innocence absolue, l'un d'eux vint jeter un grand filet à l'arrière du pick-up. Sans-Famille s'approcha de moi :

« Ils demandent si on peut aller pêcher avec la voiture. »

J'observais les visages tournés vers moi, ils étaient tout de même un peu anxieux, malgré leurs efforts pour rester naturels. J'essayais de ne pas éclater de rire, car la question de Sans-Famille, posée poliment et avec un sourire en coin, m'était adressée par pure formalité puisque j'étais le chauffeur.

« Bien sûr ! Mais je ne suis pas sûr qu'on va tous pouvoir monter sur la voiture...

– Non, ça va, on n'est pas nombreux ! »

Le glas des lames de suspension avait sonné et je les regardais s'aplatir sous le poids des hommes qui escaladaient la voiture. Les gamins les plus téméraires s'accrochaient sur les côtés pour être du voyage, leurs mères étaient écroulées de rire en voyant ma tête alors que la voiture disparaissait sous l'essaim humain hérissé des longs manches en bois des sagaies.

Je suivais une ancienne piste qui longeait la Gounda, en conduisant le plus lentement possible pour éviter les trous cachés dans les pailles. J'écoutais les rires et les conversations derrière moi et, alors que nous n'étions plus qu'à quelques centaines de mètres de notre destination, les hommes se mirent à chanter. En arrivant sur le tournant de la rivière indiqué par Sans-Famille, j'arrêtai la voiture pour découvrir l'eau marron envahie d'herbes aquatiques. Un grand crocodile avait laissé l'empreinte de son corps sur le sable ; chaque détail était bien dessiné, ses pattes arrière palmées, le fin quadrillage de son cou et les larges écailles de son ventre. Sa queue, lorsqu'il s'était levé pour rentrer dans l'eau, avait balayé le sol, mais on pouvait voir encore qu'il était plus large qu'un homme et devait mesurer plus de 3 m 50, assez pour ne pas avoir envie de se jeter à l'eau. Il y avait aussi les coulées faites par les hippopotames, pulvérisées de crottin plus ou moins séché par le soleil, sans parler des pythons qui passaient forcément les heures chaudes dans la fraîcheur des herbes aquatiques. Je prenais la décision vaillante de me dédier à la photographie plutôt qu'à la pêche. Quatre hommes partirent loin en aval avec le filet pour fermer un bras de la rivière alors que les autres se jetèrent à l'eau, maintenant leur sagaie au-dessus de leur tête, la tenant par le milieu. Ils se séparèrent pour aller en direction d'un secteur bien fourni en herbes aquatiques, certains nagèrent pour atteindre l'autre rive et ils commencèrent à pêcher. La technique était simple, il fallait envoyer la sagaie presque à l'horizontale au travers des herbes. Lorsqu'elle était bien lancée, elle pénétrait dans l'eau sans éclabousser avec un bruit réjouissant. Un bout plus ou moins long du manche dépassait encore de l'eau et le pêcheur l'attrapait pour la sortir, replacer sa main et lancer à nouveau. Avec de l'entraînement, toute cette séquence se déroulait très vite, de manière quasi ininterrompue, et le pêcheur explorait, perçait au hasard l'îlot végétal en espérant harponner un poisson. Je pris quelques photos, en imaginant à tort que la pêche au hasard allait donner des résultats bien maigres. Ce devait être une technique pour faire fuir les poissons vers le filet. Après seulement quelques minutes, j'entendis l'un des hommes demander de l'aide, alors qu'un gros remous faisait onduler les herbes devant lui. Deux pêcheurs vinrent à sa rescousse et à eux trois ils sortirent un poisson-chat d'une vingtaine de kilos. Lorsque le poisson était trop lourd, ils le perçaient et le soulevaient à plusieurs pour que la première sagaie ne ressorte pas, ou ne casse sous le poids du poisson. Comment résister plus longtemps à cette aventure et à la joie des pêcheurs ? Un peu plus loin, un autre brandissait au bout de son harpon un tilapia dont les reflets rayés étincelaient à la lumière. J'oubliai les crocodiles et les pythons pour me jeter à l'eau à mon tour. J'ai passé une des plus belles après-midi de ma vie, l'épaule droite en feu à force de lancer la sagaie, mais aussi épuisé par la tension permanente. Je sursautai chaque fois que je sentais sur mes jambes le corps d'un poisson ou le courant provoqué par la fuite d'un autre. J'ai pêché plusieurs poissons-chats énormes, et un « 6 mètres » qui avait démarré à l'impact, était parti avec la sagaie et m'était revenu droit dessus après une grande boucle dans l'eau. Poussé par l'adrénaline et sans savoir de quoi il s'agissait, j'ai sauté sur le manche pour le plaquer au fond avant de demander de l'aide pour le sortir, tremblant et dansant autour de la sagaie en espérant éviter les mâchoires de ce que je croyais être un crocodile. À la fin de la journée, mes ongles de pieds avaient pris la couleur jaune de la rivière Gounda.

Nous avons repris la route avec Sans-Famille en direction de Gordil et Tirungulu, passant par la fameuse mare de Gata, qui abrite la plus grande densité d'hippopotames d'Afrique centrale. Le campement que je devais monter était au bord de la rivière. Matthieu m'avait donné des instructions sur les zones à éviter et comment réagir si nous croisions une colonne de Soudanais : c'était assez simple, il fallait arrêter la voiture, lever les mains et dire bonjour. Nous allions acheter à Gordil des vivres et quelques matériaux dont nous avions besoin pour mettre le campement en route. Il fallait aussi recruter un cuisinier et quelques ouvriers pour les travaux. Lorsque nous sommes entrés dans le village, une autre Toyota était garée devant la case de passage. Sur le porche de la petite maison, un Blanc en tenue militaire et armé nous regardait arriver. Je savais que plusieurs Français étaient là pour former les unités de lutte antibraconnage, des mercenaires qui participaient aussi aux opérations contre les Soudanais. Je garai la voiture à côté de la sienne et descendis pour aller lui dire bonjour.

« Bonne arrivée ! » me dit-il

Je m'approchai pour lui serrer la main et me présenter. En entendant mon nom, il marqua une petite pause et, sans perdre son expression avenante, après une solide poignée de main, il me demanda d'où je venais et si j'avais faim.

« J'ai acheté un poulet, il est presque cuit, je t'invite à déjeuner ! On va le manger avec des frites, j'ai acheté des kilos de patates à Birao. »

FX ne perdait pas de temps. Je n'avais jamais rencontré de mercenaire. En quelques secondes j'ai su que nous étions amis. Il y avait bien sûr la solidarité spontanée entre Français, mais démultipliée par la région perdue et souvent hostile où nous étions. Il était aussi grand que moi, 1 m 88. En revanche, son torse ressemblait à un chêne centenaire : il aurait fallu deux personnes pour en faire le tour. Le regard clair, il était roux, avait une barbe assez fournie, un nez long, fin et cassé, des oreilles un peu décollées et des avant-bras à faire pâlir un lion. Il était surentraîné, cela se voyait aussi par l'aisance et la souplesse de ses mouvements. Il jeta les pommes de terre dans une bassine remplie d'huile et sortit deux bières fraîches d'une glacière. Je lui racontai que j'avais traversé le parc de la Gounda et que je venais ouvrir un camp ici. Lui entraînait une équipe stationnée proche des frontières tchadienne et soudanaise et faisait du renseignement pour découvrir les couloirs empruntés par les colonnes de braconniers d'éléphants, et les intercepter.

« Tu es de la famille de François de Grossouvre, assassiné à l'Élysée en 1994 ? »

J'ai été peu surpris de sa question, mais étonné qu'il me parle directement d'assassinat. FX avait travaillé partout en Afrique, mais il était avant cela un membre du « 11e choc », le bras armé des services secrets français. Lorsque je lui disais que j'étais son petit-fils, il parut ému et me répondit que mon grand-père était un homme d'honneur, qui avait servi son pays avec la droiture et les valeurs d'une époque révolue. Puisque nous étions sur le sujet, je le questionnai : comment pensait-il qu'il avait été tué, et par qui ? Sa réponse fut directe.

« C'est très facile. Il faut un commando de trois hommes, un qui reste à la porte de son bureau, un second connu de ton grand-père pour faire baisser son niveau de méfiance et un troisième que le personnage connu lui présente. Au moment de lui serrer la main, celui-ci peut l'empoigner, lui faire une clef de bras pour le maintenir pendant que le troisième homme vient dans le bureau.

Il était âgé et facile à tenir pour des hommes entraînés, il ne faut que quelques secondes pour l'immobiliser d'une torsion arrière du bras, lui placer le pétard sous le menton et appuyer sur la détente. »

Cette conversation menée avec un homme rencontré quelques minutes plus tôt, perdu au cœur de l'Afrique, avait quelque chose de surréaliste. Barberousse, comme je le surnommerais plus tard, était d'une espèce elle aussi en voie de disparition. Il était mercenaire mais profondément patriote, français jusqu'à la moelle. Il me racontait ses aventures en mélangeant allègrement la concision militaire avec une richesse de détails que son intelligence savait traiter avec humour et poésie. Il acceptait de mourir pour avoir la chance de vivre en dehors du monde. Son rapport à sa propre mort, aux hommes, à l'amitié me faisait penser à un *Cyrano de Bergerac* réécrit par Hemingway ou Cendrars. J'étais admiratif de sa force comme de ses blessures, mais aussi de son honnêteté, car il appartenait à ceux qui, après avoir souvent risqué leur vie, n'ont plus rien à prouver. J'imaginais que, comme la brousse, le combat révélait le cœur des hommes. Il fallait avoir un mental bien trempé pour risquer sa vie au cœur de l'Afrique pour des éléphants. FX ne faisait pas cela pour l'argent mais pour l'aventure, comme beaucoup d'anciens militaires que je croiserais. Certains étaient des fous furieux, mais lui avait le mental solide et la tête bien faite des hommes des forces spéciales qui vivent et meurent en fraternité.

Chapitre 10

Après quatre ans de formation, j'ai guidé mes premiers safaris en Tanzanie. J'avais 23 ans, et mes collègues me conseillaient de garder un peu de barbe pour paraître plus âgé. Les clients étaient parfois surpris d'avoir un guide si jeune et me demandaient si j'avais de l'expérience. « Un peu », répondais-je avec un sourire amical. « J'espère qu'il ne manque rien dans la pharmacie. » J'avais été assistant sur plus de quarante safaris dans deux pays, je parlais bien le swahili et les huit à dix mois que je passais chaque année en brousse m'avaient appris ce qu'il fallait. Ce qui me faisait défaut était compensé par une motivation sans limites et une sincère dévotion aux chasseurs que je guidais, comme à la nature. Très entraîné au tir, je me sentais capable d'assurer la sécurité de mon équipe. Cette formation rigoureuse avait été bien plus qu'un simple apprentissage, c'était une seconde éducation. Mes aînés m'avaient encouragé, donné confiance en moi, enseigné à me comporter avec les clients ou avec les pisteurs, c'est-à-dire avec les autres en général dans ce contexte si particulier. Loin du reste du monde et de ses préjugés, je me sentais pour la première fois maître de mon destin, heureux. Les différences culturelles inspiraient à chacun une prudence respectueuse que je n'avais jamais connue en Europe. La brousse était un lieu de vie, mais aussi notre centre d'intérêt commun, révélant le lien universel et réjouissant entre nous, quelles que soient nos origines.

À l'époque, nous recevions chaque année une famille américaine assez originale. C'étaient des chrétiens intégristes très gentils et bien élevés. Le père, John, ne sortait pas de la tente de safari sans une chemise, des bretelles, une cravate de couleur et une veste en lin plus ou moins blanche. Il chassait dans cette tenue, ce qui, en plus de son âge déjà avancé, ne devait pas l'aider pour approcher les grands animaux. Il avait beaucoup lu et devait penser qu'un gentleman à la chasse s'habillait ainsi, les illustrations de safari de Roosevelt lui donnant des références peu en accord avec son environnement. Il s'était marié en secondes noces avec une jeune femme très jolie. Elle avait tout juste 30 ans, et j'avais la chance de la guider. Je dis « la chance » parce que Victoria était douce et aimable, en plus d'être d'origine sud-américaine (j'ai toujours eu un faible pour les brunes). Elle avait des cheveux noirs et brillants que sa fille aînée tressait chaque matin avant de partir à la chasse. C'était assez réjouissant de la voir monter dans le 4 × 4 avec son carré Hermès, ses perles aux oreilles et un pantalon couleur ocre qui moulait des fesses magnifiques. Mes pisteurs, debout à l'arrière du véhicule pour voir les traces et les animaux de loin, avaient aussi la vue imprenable sur ses charmes et oubliaient souvent leur mission, perdus dans des rêveries inspirées que je partageais. Nous ne recevions pas si fréquemment de jolies filles en safari. Mes pisteurs et moi étions de jeunes hommes vivant la moitié de l'année en pleine brousse, sans contact charnel avec une femme. Nous rêvions souvent de passer une nuit collés à la peau douce et chaude d'une amante.

Victoria voulait chasser le léopard, non pas pour la beauté de cet animal ou le bonheur de rester assise dans un affût à écouter la nuit tomber en brousse, mais pour se faire un manteau. Un fourreur bien inspiré lui avait dit qu'il lui fallait pour cela plusieurs peaux. Comme s'il s'agissait de la chose la plus naturelle au monde, elle avait choisi de chasser elle-même les animaux dont elle avait besoin pour se protéger du froid helvétique, car c'est en Suisse qu'ils passaient leurs vacances d'hiver. Bien sûr, la loi tanzanienne ne permettant de chasser qu'un nombre limité de panthères au cours d'un safari, ce projet s'étalerait donc sur plusieurs années. Entre ceux du premier mariage de John et ceux qu'ils avaient eu ensemble, il y avait huit gamins sur le camp, le plus jeune ayant 4 ans et l'aînée 18. Je prenais beaucoup de plaisir à guider une femme. En brousse elles ont moins d'ego que les hommes et sont attentives, de meilleure compagnie et plus disciplinées. J'étais surpris et choqué par la nature de sa motivation pour chasser le léopard, mais cela ne changeait rien à la façon dont le safari se déroulerait. Les efforts à fournir seraient toujours prétexte à des aventures qu'elle n'oublierait pas si je faisais bien mon travail. Les pisteurs et moi avions trois semaines pour lui faire découvrir ce que nous aimions et défendions. Pendant ma formation, les guides m'avaient appris qu'il ne fallait jamais s'étonner de rien. J'écoutais Victoria, imperturbable, me raconter sa vie aux États-Unis, la Rolls qu'ils avaient expédiée en Suisse pour aller à l'opéra ou dîner dans de grands restaurants. Il ne lui manquait qu'un manteau en peau de léopard. C'était effrayant et fascinant d'éprouver la différence abyssale qui séparait les mondes dans lesquels nous vivions. Nous parlions aussi science et religion, j'avais pu apprendre que les os de dinosaures étaient en fait ceux des géants de la Bible, que la Terre était plate et que c'était le soleil qui tournait autour. Pour faire le lien, je lui avais dit que si Dieu avait choisi de faire naître son fils dans une étable, il pouvait bien avoir fait évoluer l'homme depuis le singe, commentaire qu'elle n'avait pas beaucoup apprécié.

La chasse au léopard était passionnante. Il y avait des traces partout mais il fallait trouver celle d'un grand mâle, comprendre comment il parcourait les milliers d'hectares de son territoire pour l'intercepter avec un appât. Lorsqu'ils tuent, les léopards montent leur proie dans la fourche d'un arbre pour éviter que les hyènes ou les lions ne le leur dérobent, alors nous accrochions les appâts à une branche choisie avec soin pour que le léopard se tienne de profil, sa silhouette visible contre le ciel.

Lorsqu'il trouvait notre appât, il y revenait tant qu'il restait de la viande. Nous fabriquâmes un affût avec des pailles maintenues par des rangées de corde de chanvre, petite cabane impeccable où nous nous cachions pour attendre à quelques mètres de l'arbre. Il fallait être parfaitement silencieux, car même si nous construisions toujours l'affût sous le vent et en dehors du trajet des félins, ils venaient tourner autour au moindre bruit suspect. En général, cela se terminait par quelques grognements et il tournait autour de nous jusqu'à ce que nous partions.

Ce jour-là, un grand mâle que nous voulions intercepter depuis plusieurs jours était venu. Le cuissot de buffle était accroché à l'écart d'un bois assez fourré, le vent était parfait pour construire l'affût et nous nous sommes vite mis au travail. La trace était impressionnante. Il y avait un petit monticule près de l'arbre et j'avais dit aux pisteurs, avec un grand manque d'humilité, qu'après avoir tiré le léopard nous le poserions dessus pour prendre la photo. J'avais donné à la nature une occasion de me remettre à ma place.

Nous nous sommes installés vers 17 heures, Nannoy, Victoria et moi. Nannoy était un chasseur ndorobo, petit frère de Roumas, un pisteur de Franck. Il était jeune, talentueux, et sa bonne humeur résistait à toutes les situations. Je l'avais vu pleurer de rire un jour où nous avions escaladé les rives d'un *korongo* pour éviter la charge d'une vieille femelle éléphant. Le *game scout* qui accompagnait toujours la chasse avait été moins agile que le reste de l'équipe, et était retombé le cul par terre et avait plongé dans l'unique buisson à sa portée pour se mettre à l'abri. Malheureusement, c'était un « *Godja kidogo !* » (en français, « Attends un peu ! »), ainsi nommé parce que ses épines en forme d'hameçon ne vous laissaient pas poursuivre votre chemin. Après le passage de l'éléphant, le *game scout* appelait à l'aide, les bras pris dans les épines, la chemise et la dignité en lambeaux. Nannoy avait passé le reste de la journée hilare chaque fois qu'il se tournait vers le représentant de la loi, dont le plongeon olympique dans les épines avait fait chuter l'autorité.

La brousse commença vite à mettre en place les éléments dont elle avait besoin pour ma punition. Victoria n'était pas concentrée, elle adoptait même une attitude désinvolte, presque méprisante pour la chasse que nous menions, ce qui n'était pas du tout dans ses habitudes. Elle se coupait de la réalité, cachée derrière le paravent de paille et sa carabine. J'essayais tout de même de lui coller la pression en lui disant que c'était un animal dangereux, qu'elle devait être aussi concentrée pour ce léopard que pour son tout premier tir. Je voyais bien qu'elle s'en foutait et je commençais à me faire du souci en repensant à ce que j'avais promis aux pisteurs concernant la photo après la chasse. Comme d'habitude, Paulo repartait avec la voiture, le *game scout* et les autres pisteurs pour attendre à quelques kilomètres de là. Les léopards restaient souvent à proximité pour surveiller la viande. Ils entendaient l'arrivée de la voiture, ils pouvaient même nous observer de loin pendant que nous construisions l'affût. Lorsque le bruit de moteur s'éloignait, ils s'approchaient doucement et pouvaient rester plusieurs heures au pied de l'arbre avant d'y monter. Le léopard est l'un des prédateurs les plus extraordinaires et accompli au monde. Il peut vivre au cœur de la forêt équatoriale ou dans le désert, s'attaquer à un vaste éventail de proies, allant d'une pintade aux grandes antilopes. À l'inverse du lion, qui ne peut se défaire d'une certaine prudence, le léopard a une confiance absolue dans ses aptitudes et son intelligence. Il vient sur un appât sachant parfaitement qu'il prend la viande accrochée par les hommes, se fie à sa vue et à son ouïe pour savoir si nous sommes encore dans les parages. Un lion peut venir sous le vent de l'appât par prudence, le léopard préfère la discrétion des fourrés qu'il juge suffisante et ne se donne pas cette peine, ce qui nous permettait de rester cachés à seulement quelques mètres de l'appât. Une autre différence entre les deux félins vient de leur façon d'attaquer. Un lion qui charge un chasseur va s'acharner sur lui, alors que le léopard va planifier une attaque tout en finesse. Aplati au sol, il n'a besoin que de quelques centimètres d'herbe pour disparaître, il attend patiemment que vous le dépassiez ou que vous ne soyez qu'à 1 mètre pour vous sauter dessus. Il prend le temps de compter ses poursuivants et préfère donner à chacun sa correction dans une explosion de coups de dent et de griffes administrés avec une vitesse qui dépasse l'entendement. Quelques années plus tôt, un léopard avait blessé grièvement un guide, ses deux pisteurs et le *game scout* en quelques secondes, avant de disparaître à jamais, sa vengeance accomplie.

Lorsque la voiture est repartie, j'ai regardé le pied de l'arbre et les alentours avec mes jumelles. Je pensais qu'il était susceptible de venir très tôt à cause de la proximité du point d'eau et des fourrés où il pouvait se cacher pendant la journée. J'espérais bien avoir la chance de l'observer dans la lumière du soir avant qu'il ne monte sur l'arbre. Une heure après le départ de la voiture, il est apparu sans que je l'aie vu s'avancer, comme par magie. La tête haute, gueule entrouverte et droit sur ses pattes, ses mouvements de tête étaient lents pour étudier consciencieusement les alentours. Sa queue battait l'air en tous sens, comme animée par les décharges électriques d'un surplus d'énergie générée en permanence. Sa robe tachetée faisait disparaître ses volumes et perspectives ; sans le sol propre et gris au pied de l'arbre il aurait pu devenir invisible à volonté. Je ne voulais pas dire à Victoria qu'il était là avant qu'il ne soit sur l'appât. Il regardait dans notre direction et j'avais peur qu'un mouvement brusque de sa part lui dévoile notre présence.

Après quelques minutes, il s'approcha de l'arbre et en renifla le tronc, le caressant de la tête, les yeux mi-clos. Il se ramassa sur lui-même et se projeta d'un bond à plus de 2 mètres de haut. Le son des griffes accrochant l'écorce me fit sursauter alors qu'il se hissait à la verticale pour terminer son ascension. Après une pause dans la fourche de l'arbre, il s'est avancé résolument pour attraper le cuissot de buffle suspendu et le monter sur la branche d'un seul coup de patte. Il commença à manger avec un bruit régulier de succion, interrompu par le craquement d'un os ou d'un tendon.

Je fis signe à Victoria pour qu'elle regarde aussi le gros matou confiant, qui tirait sur la viande comme un diable et arrachait de grands morceaux. Au bout de quelques minutes, le léopard se leva pour remettre l'appât bien en équilibre sur la branche. Comme convenu, je chuchotais « OK » à Victoria pour qu'elle tire. Une seconde plus tard le coup partait. Au lieu d'encaisser la balle et de tomber raide mort sous la branche, le léopard s'éleva dans les airs, dans une détente formidable. Nous ne l'avons pas entendu toucher le sol ; il était retombé sur ses pattes et un grognement terrible accompagnait sa course vers les fourrés. Quelques secondes plus tard, il ne restait que l'odeur de poudre pour témoigner de ce qui venait de se passer.

Nannoy me regarda en secouant la main :

« Elle a très mal tiré… »

Je tremblais en prenant la radio pour dire à Paolo d'attendre un peu avant de venir avec la voiture. J'étais sûr que le léopard était tout près, je voulais entendre le moindre son qui m'aiderait à le localiser. J'avais peur aussi qu'il attaque les pisteurs ou Victoria au moment où elle sortirait de l'affût. Je n'avais aucune envie d'aller le chercher et j'en voulais à Victoria d'avoir foiré un tir facile par négligence et manque de respect.

J'imaginais les coups de griffes et de dents si je n'arrêtais pas la charge, Nannoy ou moi hurlant sous le léopard, une carotide ouverte, des jambes lacérées. J'avais peur d'avoir mal, peur pour mon pisteur. Victoria était prostrée dans l'affût. Je m'équipai doucement pour sortir, enfilai mon blouson de cuir et serrai la cartouchière autour de ma taille. Elle me chuchotait de ne pas aller le chercher, que ce n'était pas grave, elle voulait rentrer au camp, ne plus chasser le léopard. C'était juste ce que j'avais besoin d'entendre. Ma peur venait d'abord de la nature du grand prédateur, mais il y avait aussi mon manque d'expérience. Il fallait que je mette en pratique ce que j'avais appris pendant ma formation. Il s'agissait de savoir si je voulais mettre en jeu ma vie ou ma santé pour le léopard et ce qu'il représentait. Céder à la tentation de rentrer au camp, attendre pour revenir plus tard avec de l'aide pour le chercher, alors qu'il était là, tout près, c'était me renier et mépriser ce que j'étais venu chercher en Afrique. Nannoy aurait pu en profiter pour me dire, lui aussi, de nous éclipser, de revenir plus tard, en espérant que le léopard disparaisse à jamais et passer à autre chose, mais il n'était pas en brousse pour négocier. Nannoy et moi n'avions pas 25 ans. Nous étions debout, côte à côte dans l'obscurité. Lui, un Ndorobo né dans un petit village au bord de la rivière Ruvu, qui avait passé son enfance à garder les chèvres de son père, à courir la brousse avec un arc et des flèches empoisonnées, et moi, François, né au printemps à l'hôpital de la Croix-Rousse, Lyon, 4e arrondissement. Pourtant, Nannoy et moi pouvions risquer notre vie ensemble. J'étais ému parce que je sentais que les contrastes puissants entre nos deux cultures n'avaient pas d'importance. La confiance peut être gagnée et trahie entre les hommes. Mais ce jour-là, nous ressentions en brousse la confiance originelle, un acte de foi. Peut-être que la confiance est la valeur suprême ici-bas. Un sentiment à l'origine de tous les autres, éphémère et précieux. Ce n'est pas un renoncement à soi-même, mais une certitude inspirée par la nature, pour nous pousser à vivre. Peut-être est-ce ce que j'avais ressenti chez le lionceau que j'avais photographié, sa confiance en moi avait été une pulsion de vie. D'ailleurs, lorsque j'approchais ma main de la porte de l'affût, Nannoy devança mon geste pour dénouer lui-même la corde qui maintenait le panneau de pailles. Il le souleva doucement pour l'ouvrir un peu, suffisamment pour que nous puissions passer dans le royaume du sauvage, des pailles sèches et tranchantes, des rugissements, des odeurs de viande et de sang, de la beauté du grand félin qui nous attendait dans la nuit.

Même si nous avions entendu que le léopard était parti vers un grand fourré sur notre gauche, je voulais prendre sa trace où il avait sauté de l'arbre, pour chercher le sang et en savoir plus sur l'atteinte. Je savais que la prudence, le silence et la lenteur de nos déplacements étaient les meilleurs atouts pour le voir ou l'arrêter s'il chargeait. À quelques mètres du tronc, la terre avait été projetée là où il avait touché le sol. Nous pouvions suivre ses traces mais il n'y avait pas une goutte de sang. Je fis passer Nannoy derrière moi. Alors que j'avançais pas à pas, le fusil en joue, il suivait les empreintes avec sa lampe, passant d'un côté à l'autre de mes jambes. Il me chuchotait dans quelle direction avancer. Nous nous approchions comme prévu des fourrés. C'était un îlot de végétation dense qui avait poussé devant la forêt. Une coulée faite par les hippopotames le traversait en direction du point d'eau et je baissais le canon de mon fusil pour l'éclairer. Un petit point rouge attirait mon attention, c'était un minuscule éclat d'os. Je le passais à Nannoy qui me chuchota en détachant bien chaque syllabe :

« Fais très attention. C'est sûr qu'il n'est pas mort. »

J'avais besoin de faire une pause, réfléchir et me calmer, j'avais trop chaud, je sentais ma chemise en lin trempée sous le cuir de mon blouson. Je reculais pour mettre un peu de distance entre nous et le fourré. Nannoy suivit mon mouvement comme s'il l'avait anticipé. Je savais que si nous jetions des branches dans le fourré, nous pourrions provoquer la charge ou faire grogner le léopard et le localiser. Les pailles me renvoyaient la lumière jaune de ma lampe, déplaçant les ombres sans dévoiler leurs secrets. Je savais que le léopard était là, tout près, que le combat avait déjà commencé. C'était plus qu'une intuition. Pendant quelques secondes, sans l'avoir cherché, je suis passé de l'autre côté : j'étais le léopard aplati sur le sol. La lumière artificielle faisait danser les ombres autour de moi. Les hommes faisaient peu de bruit, mais la brise rafraîchie par la nuit m'apportait leur odeur. Je faisais un effort pour contrôler la décharge d'adrénaline qui stimulait chaque fibre de mon être. Le sang affluait dans les muscles de mon cou, de mes épaules et de mes pattes avant ; les contractions nerveuses de mes griffes rétractiles étaient un picotement désagréable qui ne cesserait que lorsque je pourrais m'accrocher et mordre.

Pour gagner du temps, je faisais une boucle et cherchais un endroit plus ouvert. De l'autre côté du buisson, les épines et les pailles sèches cédaient la place à des repousses vertes. J'avais la sensation de mieux voir et je demandais à Nannoy de jeter ce qu'il avait à portée de main dans les fourrés. Chaque fois qu'un bout de bois mort atterrissait devant nous, des branches ralentissaient sa course, puis il glissait vers le sol, absorbé par la végétation comme une goutte d'eau reçue par l'océan. Il aurait fallu que le hasard fasse tomber l'un des projectiles juste sur lui pour provoquer une réaction. Je perdais patience et il fallait en finir.

« Laisse tomber, on y va… »

Je m'arrêtais après chaque pas, agressif et concentré, pour observer dans le faisceau de ma lampe les détails du paysage, cherchant à reconnaître dans cette immobilité effrayante un trait, une couleur qui appartiendrait au léopard. Pendant ce temps il avait suivi nos déplacements et fait son approche. Il était capable d'avancer avec une lenteur extrême et continue, suspendre son mouvement dans un équilibre parfait lorsque la lumière passait sur lui pour le reprendre juste après. Il avait bien vu dans quelle direction nous avancions et les quelques mètres, parcourus presque sans se détacher du sol, avaient été suffisants pour le placer sur notre trajectoire. Il ne lui restait plus qu'à attendre, nous laisser approcher si près que nous n'aurions aucune chance. Quelques pas plus loin, le hasard me fit éclairer à 5 mètres de mes pieds. Dans un espace de quelques centimètres, à travers les feuilles vertes, je vis un morceau de peau de léopard. C'était si près que je doutais un instant de moi, mais en regardant bien, je distinguai des taches noires réparties sur un fond jaune dont la texture était bien animale. J'avais peur de tirer, il était si près que si ma balle ne l'atteignait pas au bon endroit je n'aurais pas le temps d'un second coup pour l'arrêter. Je restais bloqué sans pouvoir prendre de décision, et Nannoy, derrière moi, savait qu'il se passait quelque chose. Je ne comprenais pas ce que je voyais. Le léopard était-il mort ? Comment pouvait-il résister encore, parfaitement immobile alors que nous étions si près ? Je ne pouvais plus faire de mouvement, et je cherchais désespérément à comprendre à quelle partie de son corps je faisais face. J'avais besoin d'aide, et je chuchotais pour Nannoy comme pour moi-même :

« Il est là… Il est mort ? »

Le léopard était aplati sur le sol, face à moi. Sa tête et ses épaules étaient dans l'ombre. Pour ne pas être vu, son immobilité était si absolue qu'il l'appliquait à sa respiration, contrôlée pour qu'elle soit invisible sur ses flancs. Il n'avait pu la contenir plus longtemps en entendant ma voix, et je réalisai que je voyais son dos lorsque les flancs de chaque côté se remirent à propulser comme deux soufflets toute l'énergie dans ses muscles, trois fois. Il poussa un grognement, j'appuyai sur la détente. Après le coup de feu, le léopard était à mes pieds, la tête chancelante ; son attaque avait été trop violente et rapide pour que mon cerveau puisse enregistrer le saut qu'il avait fait sur moi. Je pointai le canon sur sa tête et appuyai de nouveau mais le coup ne partit pas. Je criai à Nannoy de reculer, les épines accrochaient mes jambes et plusieurs branches vinrent taper l'arrière de ma tête, alors que je sortais du fourré à reculons. Mon fusil s'était enrayé. Le léopard s'était relevé et chargeait à nouveau, j'avais actionné la pompe pour éjecter et faire monter une autre cartouche dans la chambre. Les rugissements se ruaient vers nous, accompagnés d'une image floue, comme un spectre jaune dont je ne voyais pas les détails. Je pressai encore la détente et le coup de feu l'arrêta. Dans un nuage de poussière, il rugit, revint vers nous, je rechargeai et tirai à nouveau, en criant de rage et de peur :

« Tu veux nous tuer ?! Tu veux nous tuer ?! »

J'avais crié en français. J'imagine que Victoria, entre les rugissements, les cris et les coups de feu, n'avait pas passé un bon moment. Le léopard était mort, étendu sur le flanc devant nous. Nannoy, à côté de moi, et en swahili :

« Il a failli nous bouffer. »

Nous traînâmes le léopard vers l'affût. Je voulais que Victoria sorte mais elle ne répondait pas. Elle pleurait et me dit qu'elle m'avait demandé de ne pas y aller. Les minutes passèrent, je fumai la meilleure cigarette de ma vie, mais la voiture n'arrivait toujours pas. Je pris la radio pour appeler Paulo :

« Qu'est-ce que vous faites ?

– On arrive. »

Deux minutes plus tard, les phares de la voiture éclairaient l'affût.

« Mais qu'est-ce que vous foutiez ?

– Ben… on attendait que tu nous appelles.

– Vous n'avez rien entendu ?

– Si, on a entendu le léopard rugir, des coups de feu et quelqu'un crier.

– Et vous n'avez pas eu envie de venir nous aider ?

– Non… »

Chapitre 11

On ne peut pas parler de brousse sans penser aux grandes pailles. Ce sont des herbes épaisses, si hautes qu'elles peuvent cacher un éléphant. Des plaines, des vallées, des pourtours de lacs et de points d'eau, de grandes langues de terre au bord des rivières qui s'étirent, se transforment et s'animent au moindre souffle de vent. En entrant dans les pailles, vous changez de dimension. La marche se fait tout de suite plus lente et silencieuse. Une discipline militaire naît spontanément dans la colonne qui perce ce nuage végétal. On peut y croiser des animaux dangereux : lions, éléphants, hippopotames, buffles… L'écart entre nous se resserrait, je marchais devant, attentif au serpent ou au grand animal qui aurait pu surgir. Ailleurs, si nous étions à mauvais vent, les animaux prenaient la fuite de loin. À bon vent, nous les voyions à distance respectable sans les alerter, alors que dans les hautes pailles la masse végétale retient les effluves, d'autant plus en milieu de journée. Nous surprenions souvent les animaux de trop près.

Rentrer dans les pailles est une mise à l'épreuve des sens et une occasion de les sublimer. Privé de la vue, il reste l'odorat. L'odeur du crottin fraîchement pulvérisé par l'hippopotame sur un arbuste dont on discerne les feuilles souillées à quelques mètres. Aux heures chaudes, le passage d'un troupeau de buffles soulève une poussière poivrée par les particules végétales détachées de la paille, foulée et frottée par les animaux. Parfois un grand acacia, dont l'écorce poudreuse se dresse à une centaine de mètres, offre une ombre légère. Les fines feuilles de l'arbre suffisent pour absorber la lumière brûlante dans une tache bleutée et accueillante. Nous n'étions pas les premiers à être attirés par ce contraste : une odeur de tripes et de charogne envahissait l'air rafraîchi par cette ombre.

Cette odeur de mort était la seule qui pouvait interrompre notre progression durant de longues minutes. Après avoir attendu sous le soleil, je sentais les gouttes de sueur tomber une à une de mes épaules sur mes reins, mouillant la ceinture de cuir qui se tordait sous le poids de ma cartouchière. Le regard perdu dans le vide ou les yeux fermés, je concentrais toute mon énergie à percevoir chaque son. Ne pas pouvoir entendre bien nous obligeait à rester immobiles sous le soleil. Un léger grondement, presque imperceptible, se laissait saisir à travers le murmure des pailles agitées par le vent. Je me retournai en chuchotant « *Simba* » (« lion »). Les yeux plissés, Nannoy marquait fièrement la gravité de l'instant. Je posai la question par pur plaisir d'entendre sa réponse :

« *Tuangalie ?* » (« On regarde ? »)

S'il y avait un espoir que les lions soient couchés dans un endroit un peu plus ouvert, la réponse était « on regarde ». Si les pailles étaient très denses, Nannoy me disait : « *Kidogo* » (« Un petit peu »). Cette réponse prudente, dite du bout des lèvres, le regard fixé sur la position supposée des lions, me faisait sourire. Nous nous contentions rarement de regarder, l'air de rien... Embarqués dans l'aventure, il nous était difficile d'y mettre un terme. Si les lions étaient vraiment trop près et que le rideau de pailles ne s'ouvrait pas, nous les cherchions le soir en bord de rivière. Sinon nous avancions jusqu'au contact... En général, ces approches se terminaient par un décollage des fauves dans un grognement de tonnerre, rarement par une charge d'intimidation. Si la chance était de notre côté, nous pouvions entendre les os craquer sous les coups de dent, parfois une gueule ensanglantée émergeait dans une tache de lumière. Transpercés par le regard doré d'une lionne qui nous faisait éclater le cœur sous une décharge d'adrénaline, nous sortions des pailles chancelants. Parfois, on devinait la crinière brune et dense d'un mâle, je faisais fébrilement le point avec mes jumelles pour découvrir les détails de sa physionomie.

D'autres animaux bien plus dangereux, comme les hippopotames, s'y couchent volontiers pendant la journée. Ils peuvent être invisibles, et malgré beaucoup de prudence pour éviter ces situations, j'ai dû tirer deux fois en défense. La première fois, l'hippo poursuivait la femme de mon client qui courait devant lui. La seconde fois, alors que nous approchions des buffles, il surgit de nulle part, et je n'eus que quelques secondes pour arrêter la charge. On pense voir suffisamment à temps un animal aussi grand alors qu'il n'en est rien.

Les pailles sont un paradoxe. Elles sont un refuge et un territoire de chasse, d'ombre et de chaleur, douces à l'œil, vertes dans la lumière du matin et dorées le soir, coupantes si vous y portez la main. Je sortais les avant-bras marqués de fines lignes de sang qui s'estompaient avec la sueur, le cou saupoudré de poussières et de petits débris végétaux qu'il ne servait à rien d'enlever avant d'avoir terminé la traversée. Lorsque nous arrivions à la rivière, il n'existait pas de plaisir plus grand que celui de se nettoyer le col et les bras avec de l'eau fraîche, de laver le sang et les coupures en laissant sur la peau des estafilades boursouflées dont la brûlure disparaissait en fin de journée, assainie par les derniers rayons du soleil et la douceur du vent.

Lorsque nous traversions les pailles dans des vallées inexplorées et cachées au cœur des collines, je rêvais de voir apparaître un dos noir, un cuir épais dont le grain absorberait la lumière, une corne en forme de sabre qui surgirait au son de notre approche. Il y avait peu de chance que cela arrive parce que les braconniers avaient fini d'exterminer les rhinocéros noirs une quinzaine d'années plus tôt. Il ne restait de ce survivant de la préhistoire qu'une photographie, prise en 1980, d'un grand mâle trottant dans le Mbaragandu, avec en arrière-plan les palmiers rôniers. Pourtant, certains affirmaient que le dernier rhino avait survécu caché dans l'immensité du Selous. Madaba m'avait confié avoir vu des traces mais lorsque je lui demandais où, il ne voulait pas me répondre. C'était une règle d'or, celui qui découvrait un indice de présence ne devait jamais le dire à personne. En dévoilant le secret, il pouvait un jour arriver aux oreilles d'un braconnier.

Les années ont passé et j'ai guidé beaucoup de safaris. Au bout de quelques saisons je me suis passionné pour la chasse à l'éléphant. C'était une évolution très inattendue compte tenu de mon expérience en Centrafrique avec Matthieu ; je ne comprenais pas que l'on puisse avoir envie de chasser un tel animal. Contrairement à ce que l'on pourrait imaginer, le pistage de l'éléphant est le plus difficile. Sa trace est presque invisible sur la terre durcie, hérissée de pailles ou couverte de feuilles. Leur pied est comme un gros coussin qui vient s'aplatir délicatement sur le sol, à l'inverse d'un sabot qui entaille la terre dure même à travers la végétation. Lorsque la voie d'un éléphant en croise une autre, les choses se compliquent encore. Il faut trouver la sortie et confirmer que vous suivez toujours le même animal. L'art ancestral du pistage prend toute sa mesure et il faut un grand talent pour le mettre en œuvre. Au bout de quelques années, j'arrivais à faire revenir quelques clients passionnés. Mon équipe et moi poussions l'aventure toujours plus loin en allant chercher les traces dans des régions accessibles seulement à pied, loin des pistes, pour nous immerger dans le monde des grands éléphants.

Pendant le pistage, les arbres écorcés, les branches mâchées et encore imprégnées de salive sont les messages émouvants d'un animal que vous ne connaissez pas encore. Sans chercher à le suivre, vous ne le croiseriez peut-être jamais. Une conversation s'installe avec lui alors que vous entrez dans son monde et revivez ses décisions et ses mouvements. Le pistage est un art qui n'a jamais été décrit. Il s'agit d'un savoir-faire transmis par l'oral et l'expérience, un rite magique dont la mise en œuvre est un accomplissement pour le pisteur expérimenté et un parcours initiatique pour celui qui en est témoin. Après avoir pisté des centaines d'éléphants, j'ai pu comprendre que certains hommes, comme Madaba, avaient un réel pouvoir de voyance, de connexion avec la brousse et les animaux.

Les grands mâles pouvaient passer des heures à écorcer et effeuiller un grand arbre. À cet endroit, les pailles étaient couchées et le sol recouvert d'immenses lanières d'écorces, comme des cordages jetés sur le sol. Les branches fines mâchées à leur extrémité ressemblaient à des pinceaux géants. Parfois, l'odeur du crottin chaud nous frappait au même moment que le son d'un arbre qui explosait et s'abattait juste devant nous. Les feuilles en mouvement attiraient notre regard vers l'éléphant qui apparaissait par morceaux à travers les arbres. On entendait ses oreilles claquer sur ses épaules alors qu'il arrachait un lambeau d'écorce ou écartait une branche d'un brusque mouvement de tête. Le cœur battant, il fallait s'approcher tout près pour découvrir l'ivoire à travers la végétation. Une fois sur trente ou quarante, il s'agissait d'un vieil éléphant, dont les pointes, patinées de brun et noir, bleutées par la sève des arbres, touchaient presque le sol. Souvent, ils nous emmenaient au fond d'une vallée cachée par des forêts denses, qui sentait le rocher humide, les feuilles mortes, le sable chaud et le crottin. Des endroits que l'on pourrait décrire même en les traversant les yeux fermés, grâce à des nuances olfactives fantastiques et précises illustrant chaque élément du paysage. Dans le secret de mon cœur, j'attendais de vivre un miracle : découvrir le dernier rhinocéros noir ou voir sa trace sur une petite rivière de sable. J'emmenais toujours mon appareil photo et ne perdais jamais espoir d'immortaliser le survivant.

En plus d'être dangereuse, la quête d'un grand éléphant était réservée aux chasseurs ayant la santé nécessaire pour marcher parfois plus de huit heures par jour. Il fallait aussi oublier tous les autres animaux, il n'était pas question de chasser un buffle ou une antilope croisés sur le chemin. Il fallait s'immerger complètement dans le monde du pachyderme, son biotope, sa vie et son territoire. Lorsque nous trouvions l'empreinte gigantesque d'un grand mâle, c'était le début d'un nouveau voyage qui, si nous avions la chance d'être à bon vent, se terminait par l'approche finale du géant. J'adorais repartir, sans le déranger, sans qu'il sache que nous l'avions vu, seul au monde à pouvoir témoigner de la vie d'un animal qui pouvait passer des années, peut-être sa vie entière sans croiser d'être humain.

Notre client était rentré la veille et nous devions rejoindre un autre camp pour le prochain safari. Nous étions partis tôt le matin et après une heure de voyage la piste suivait une ligne de crête dans une forêt de miombo. Obsédé par les éléphants, je passais le voyage à chercher des traces, même lorsque nous roulions à vive allure. J'aimais arrêter la voiture pour regarder un pied imprimé nettement dans la poussière, le mesurer et en faire une photo.

J'ai tout de suite vu que celle-ci n'était pas une trace d'éléphant. Par la taille, bien sûr, mais surtout par la forme en trèfle de l'empreinte, tellement fraîche que ses contours n'étaient pas encore atténués. En entendant la voiture, il avait quitté la piste pour suivre un chemin d'éléphant qui disparaissait dans une vallée. Après plus de quinze ans à courir la brousse, j'avais enfin la chance de voir mon rêve devenir réalité. Nous étions sans témoin, juste entre nous, et je demandai à Paulo d'arrêter la voiture. Je me tournai vers Nannoy pour lui dire « *Faro* ». Les yeux écarquillés, il me regardait avec une expression étrange. Il était ému et intimidé par la réalité soudaine d'un animal qui ne vivait que dans son imagination à travers des témoignages anciens, transmis par son père. Cela faisait longtemps que les Ndorobos ne croisaient plus de rhinos au cours de leurs chasses à l'arc.

Nous avons commencé à pister le rhinocéros. Comment ne pas être ému par l'atroce solitude de cet animal, son errance à travers la brousse ? Il était peut-être arrivé jusque-là pour chercher un congénère. Il devait se souvenir du braconnage, caché pendant vingt ans au bord d'un *korongo*. Ce n'était pas comme les éléphants qui s'appuient sur les autres pour retrouver calme et confiance, petit à petit, grâce à l'expérience. Lui ne pouvait compter sur aucun autre rhino pour savoir si le monde était sûr ou non, découvrir les régions où il était à nouveau possible de se déplacer en toute sécurité. Si nous le trouvions, j'allais prendre tous les risques pour le photographier, m'approcher le plus près possible. J'étais tellement ému que s'il m'avait chargé j'aurais probablement continué, l'œil dans l'objectif de mon Fuji, à déclencher des rafales jusqu'à l'impact. Le rhino avait suivi le chemin d'éléphant ; nous mettions toute la concentration possible en œuvre pour le suivre pas à pas sans perdre la trace. Au bout de quelques centaines de mètres de pistage, un grognement nous fit lever les yeux : une meute de lycaons se tenait devant nous. Ils tournaient sur eux-mêmes, faisaient mine de s'en aller pour nous faire face à nouveau et s'étalaient pour occuper le terrain. Certains se recouchaient même, et leurs battements de queue soulevaient des nuages de poussière. Ils avaient forcément vu passer le rhinocéros. J'essayais d'imaginer cette rencontre, l'attitude des loups devant le rhino, était-ce aussi la première fois qu'ils en voyaient un ? Les traces des lycaons avaient recouvert le sol. Ils l'avaient laissé passer, avaient tourné autour, l'avait probablement suivi un peu avant de revenir se coucher au soleil. La trace avait disparu. Elle n'aurait même jamais existé sans la piste sur laquelle je l'avais trouvé. Nous avons fait une grande boucle, en vain. La brousse a orchestré la protection du dernier rhinocéros noir du Selous, comme une mère protégerait son enfant. Si Madaba avait été avec nous, je sais qu'il aurait réussi à retrouver et remonter la trace. Aujourd'hui, je me demande pourquoi je n'ai pas insisté un peu plus... Peut-être que j'ai été trop ému pour risquer de le déranger. J'ai continué à rêver de voir, au hasard d'un pistage, la silhouette de cet animal fantastique se déplaçant doucement, dans une forêt lointaine où un éléphant nous aurait emmené.

Chapitre 12

Sergey avait été l'un de mes premiers clients. Je n'avais jamais connu de Russe et j'essayais de le comprendre – il ne parlait que quelques mots d'anglais. Il était grand, le front large avec des cheveux poivre et sel. Des rides épaisses apparaissaient pour souligner les expressions changeantes d'un visage tracé à gros traits. Large bouche, nez long et cassé, grandes oreilles. C'était une gueule de Gainsbourg repeinte sur un physique de Cosaque. Il allumait ses clopes à filtre blanc goulûment, l'air réjoui à chacune, surtout avec le café de 9 heures, quand les rayons du soleil réchauffaient l'atmosphère. Il était très attentif à chaque membre de l'équipe et d'une grande générosité. Il arrivait toujours avec des cadeaux soigneusement choisis qu'il nous offrait au cours d'une véritable cérémonie. Il faut dire que les pisteurs et moi aimions ce moment, autant pour la gentillesse du geste que pour l'enthousiasme de Sergey, qui attachait beaucoup d'importance à cette tradition. C'était un moyen de placer son safari sous un bon augure. Si l'expression de celui qui recevait un présent n'était d'aventure pas à la hauteur de son espoir, il pouvait même en sortir un second, dans un élan presque enfantin. Pour moi, c'était assez facile, mais trouver, depuis la Russie, un cadeau digne d'un pisteur massaï demande tout de même une bonne dose d'empathie. Il avait un mental d'acier, allant de pair avec un orgueil démesuré qui lui jouait parfois des tours à la chasse. Son excès de confiance en de réelles capacités de tireur lui faisait parfois négliger de doubler les buffles malgré mes recommandations. Cela nous avait conduits à poursuivre le premier qu'il avait tiré pendant sept heures dans une forêt. Au début, il ne se rendait pas compte du danger ; j'ai vite compris que seule l'expérience pourrait le faire changer. Je ne pouvais pas lui reprocher cette volonté d'apprendre par lui-même, au détriment de nos conseils, de la logique ou de la sécurité, mais cela m'obligeait parfois à des commentaires assez durs ou à réagir sans diplomatie pour me faire comprendre. Nous mettions tous les deux ces rudes échanges sur le compte de la langue pour épargner nos susceptibilités.

Ses deux premiers safaris avaient été, comme pour chaque client, une découverte. Il voulait profiter des opportunités que la brousse lui offrait en chassant le lion, le léopard, les buffles et tous les animaux autorisés par sa licence. Il avait le profil pour devenir un chasseur d'éléphant et je m'employais dès la troisième année à lui faire découvrir et aimer le pistage. Il était prêt à tout pour réussir, à dormir par terre ou à marcher pendant des heures même si les réserves d'eau étaient épuisées. Ce troisième safari ensemble a scellé notre lien d'amitié et de confiance. Pendant les dix années qui ont suivi, Sergey est revenu chasser l'éléphant avec nous. Ce n'était pas un safari comme les autres et peu de clients de sa trempe ont dû fouler le sol du Selous. Je lui demandai un jour pourquoi il venait chaque année : il savait que c'était une des dernières grandes aventures de notre temps et que cela ne durerait pas, malgré le nombre infime de prélèvements et les donations conséquentes des chasseurs pour financer la lutte antibraconnage. Nous vivions l'apogée d'une époque : la population d'éléphants avait augmenté depuis vingt ans et nous trouvions tous les jours des gros pieds à pister, dans ces collines qu'une vie entière n'aurait pas suffi pour explorer. Le Selous était bien protégé et des éléphants étaient venus s'y réfugier depuis le Mozambique, le bassin du Congo et le nord de la Tanzanie. Je voyais le résultat de ces migrations à travers l'aspect des grands mâles que nous voyions au pistage. Certains étaient clairement de savane, des géants de 3 m 20 au garrot avec des pointes épaisses et recourbées ; d'autres ressemblaient furieusement aux éléphants de forêt, petits, avec des oreilles toutes rondes, des têtes de souris et des défenses droites, longues et fines qui rejoignaient le sol. Nous passions nos journées à les suivre, oubliant tout le reste. Sergey me faisait confiance. Il ne remettait jamais en cause mon jugement lorsque nous trouvions un grand mâle et que, malgré des défenses impressionnantes, je lui disais de ne pas tirer. Avec lui, je me libérerais de toute pression de résultat pour me concentrer sur la quête d'un gros-porteur mais aussi de la plus belle histoire. Nous avons souvent laissé des éléphants que la loi nous permettait de chasser pour ne pas voir la quête se conclure. Son mental et ses aptitudes physiques nous permettaient de chasser exactement comme nous l'aurions fait les pisteurs et moi, sans devoir ménager un client moins entraîné que nous. Nous avions acquis ensemble une grande expérience, transpiré beaucoup, survécu aussi à des situations dangereuses. De grands mâles explosant la végétation dans des charges qui s'arrêtaient à quelques mètres, des approches à quatre pattes en forêt dense, pour apercevoir les défenses d'un éléphant debout à 5 ou 6 mètres de nous avant de faire marche arrière, transpirants et le cœur gonflé d'adrénaline, évitant le moindre son qui révélerait notre présence. Je tenais un journal dans lequel je notais chaque soir, après une douche sous les étoiles, les aventures de la journée : taille de l'empreinte, temps de pistage pour arriver à l'éléphant... Je photographiais toutes les traces que nous suivions. Elles me faisaient penser à la lune. Elles étaient rondes, bourrées de cratères, reliefs, dégradés et lignes transversales. Le pied imprimé dans la poussière, c'est l'image d'une existence lointaine et hors d'atteinte qui nous attire et nous fascine. Mais on peut rejoindre l'éléphant. Celui qui sait suivre sa trace peut se jouer du temps et de l'espace pour le trouver, le voir une fois, avant qu'il ne disparaisse à nouveau pour toujours. Le pistage est une merveille, un art qui survit encore un peu. Chasser l'éléphant dans le Selous, c'était entrer dans la grotte de Lascaux aux côtés de l'artiste, qui revenait pour peindre avec nous une dernière histoire de chasse. Lorsqu'après des dizaines d'heures de pistage nous trouvions un grand éléphant, tout basculait. Nous ne pouvions presque jamais voir les défenses de loin à cause de la végétation. Mais en général, en arrivant au contact, je savais. Je crois que c'était le mélange de tous les éléments, la taille du crottin, les dessins de l'empreinte, l'énergie qui se dégageait de lui. Un soufflement, des borborygmes, une branche arrachée au tronc, un simple bruissement de pailles. Nous nous approchions d'abord prudemment, et lorsque je découvrais les longues défenses, épaisses et noires, que je savais que c'était lui, je ne disais rien à Sergey. Un stress immense m'envahissait, il fallait que tout se passe vite, et je donnais la chance à l'éléphant de choisir. On ne se cachait plus, je ne faisais plus attention au bruit. Je marchais à sa rencontre très vite, décidé à aller aussi près que possible et plus rien d'autre n'avait d'importance. Presque toujours, il nous faisait face et nous chargeait. Il marquait une pause à moins de dix pas, levant la tête une seconde avant de la baisser violemment, légèrement inclinée sur le côté, la trompe enroulée, pour venir sur nous alors que Sergey lâchait sa balle pour l'arrêter. Je n'ai jamais pensé que ce moment pouvait être autre chose que l'animal qui s'offrait à nous. Nous nous appropriions l'un des plus beaux animaux de la Terre. Je ne ressentais pas de peine après avoir tiré l'éléphant, alors que c'était souvent le cas pour d'autres espèces. C'était comme si certains animaux gardaient toute leur présence intacte après la chasse, ou peut-être que quelque chose venu de très loin faisait ressentir la justesse de chasser les herbivores, une sorte de logique ancestrale. Pour moi, l'éléphant était sacré. En tant que guide, je pouvais pousser cette quête selon mes critères pour qu'elle ne se conclue pas sans danger, sans respect, et surtout sans l'art et la magie du pistage. Depuis mes premiers safaris, je voyais bien que les éléphants étaient chaque année plus nombreux dans la réserve et ce système me paraissait parfait. Finalement, c'était peut-être l'espèce la mieux protégée par la chasse et les donations conséquentes que faisaient les clients pour préserver l'ensemble de la population.

Les grands mâles, par leur alimentation, vivaient là où la végétation et le relief ne permettaient pas de les croiser au hasard. Il fallait les pister, marcher beaucoup, comprendre leur monde et s'y immerger entièrement. C'était une démarche tout à fait particulière et peu de chasseurs avaient les dispositions physiques et mentales pour le faire. Ceux que je guidais avaient en commun cette volonté de perdre la notion du temps, d'abandonner ce qui pouvait ralentir une immersion absolue dans le monde de l'éléphant. Nous nous soumettions au rythme de la nature et l'on pouvait s'oublier un peu, les sens mobilisés et l'esprit maintenu en éveil par la beauté du pistage. Certains se décourageaient et renonçaient aux éléphants. Les autres entraient dans un autre monde, celui d'une créature si extraordinaire qu'elle changeait notre rapport à l'espace et au temps : nous étions absorbés, happés dans son univers. L'intensité de la chasse dévoilait entre les pisteurs, le chasseur et moi une complicité qui transcendait les différences de langue et de culture. Il n'y avait plus d'orgueil ou de mensonges, nous étions purifiés et unis par la quête d'un animal mythique. La brousse récompensait toujours nos efforts si l'harmonie et la patience régnait entre nous. C'est sans doute pour cela que je ne ressentais pas de peine après avoir chassé un éléphant.

Cette quête mettait à nu la nature humaine pas si mauvaise, ravivée par les émotions originelles qui existaient avant que l'on ne domestique ou modifie notre environnement. L'abandon du lien charnel avec la nature implique un abandon de notre humanité. Si ce monde fonctionne par contrastes, la glace et le feu, minéral et animal, nous sommes comme la lumière bleutée qui précède le lever du soleil et la tombée de la nuit. Lorsque l'éléphant était allongé sur le sol, je caressais de la main l'ivoire, observant chaque détail de ses défenses, lisses et polies comme un marbre, presque minérales, témoignage éternel d'une vie dont nous aurions aimé faire partie ou connaître un peu mieux. Nous reprenions conscience ensuite de l'endroit où nous étions, parcouru en tournant autour de l'éléphant. Les quelques mètres de brousse autour de lui devenaient un paysage familier, une scène, un lieu où rien, même pas le hasard, ne pourrait jamais nous conduire à nouveau. Nous étions seuls au monde.

Sergey avait fait des progrès en anglais, il prenait des cours en Russie et m'avait confié que c'était pour que nous puissions communiquer un peu mieux, même si nous parlions très peu. Dans le petit camp que nous installions en brousse, nous dînions presque sans mot dire et sans gêne de garder le silence, écoutant le chant des insectes nocturnes. Nous étions debout avant l'aube pour partir à la chasse. Au lever du soleil, la lumière rasante nous aidait à voir les traces d'éléphants, dont les reflets étaient soulignés par leurs ombres.

L'usure de la partie externe de l'empreinte polie par les années de marche ou les trous ronds laissés par des petits cailloux incrustés dans le pied, esquissaient un portrait de l'animal. S'il était passé la veille, nous trouvions parfois la termitière ou le flanc de colline qu'il avait choisi pour se coucher quelques heures. On voyait alors sur les pailles ou la terre le dessin de son corps entier et la marque de la défense qui appuyait sur le sol. Assis au sommet d'une colline au lever du jour, nous regardions la brume disparaître des vallées en écoutant les premiers arbres craquer et tomber. Nous partions approcher l'un de ces géants au cœur des forêts. C'était le claquement des oreilles sur ses épaules qui nous révélait sa présence. Nous restions pétrifiés, surpris de ne pas l'avoir vu avant, d'être arrivés si près, sans que lui non plus ne se rende compte de notre présence.

Il y avait l'odeur de boue chauffée par le soleil, celle des arbres écorcés ou démontés branche par branche, chacune mâchouillée et encore imprégnée de salive. Le saignement rouge de la sève sur la chair blanche du miombo, l'odeur du crottin chaud et des grandes pailles, ou simplement un léger dessin de poussière résistant au vent, des indices qui pouvaient être d'une grande finesse ou gigantesques comme l'éléphant qui les avaient laissés. Ces immersions dans le sud du Selous avec Sergey nous faisaient vivre trois semaines d'un décalage avec le monde d'une puissance incroyable. C'était là que m'avait mené mon bracelet, mon talisman. Pendant que mes amis prenaient le métro à Paris, je chassais l'éléphant dans la réserve la plus protégée au monde. C'était un privilège que je savourais chaque seconde, quelque chose de profondément indécent aussi, d'une injustice totale. Mais le Selous était unique. La situation était si exceptionnelle que j'avais bon espoir que les éléphants continuent à se multiplier, nous chassions le cœur léger, convaincus que l'organisation des safaris jouerait son rôle le temps qu'il faudrait. Très peu de clients venaient chasser l'éléphant. Prélever quelques vieux mâles par an pour garantir la conservation de l'espèce était une bonne solution.

Nous avions ouvert à l'extrême sud du Selous, dans la partie la plus inexplorée, un nouveau camp appelé « Ligombe », comme la rivière qui traversait la région. Nous y avions fait plusieurs safaris avec Sergey, c'était le paradis des éléphants et les autres animaux s'y aventuraient peu. Le biotope était parfait pour que les vieux mâles puissent vivre tranquilles dans les forêts et les vallées qui avaient déjà servi de refuge dans les années 1980, pendant la première vague de braconnage. Les pistes étaient très difficiles à créer à cause du terrain accidenté. Nous en avions ouvert deux pour prendre des traces ou partir explorer les environs. Nous avions poussé l'exploration à pied toujours plus loin et il n'y avait aucune trace de braconnage. Lorsque nous chassions, j'avais décidé de chercher des traces tôt le matin et si à l'heure donnée nous n'en avions croisé aucune, nous passions le reste de la journée à marcher pour découvrir des vallées que je choisissais sur la carte.

Au milieu de la zone inexplorée, loin des pistes et de la frontière du Selous, la rivière Ligombe prenait sa source là où le terrain était le plus accidenté. Pour ce qui allait être notre dernier safari, je proposai à Sergey de monter une expédition pour y arriver. J'étais persuadé que l'on trouverait beaucoup d'éléphants et surtout j'imaginais que les plus vieux vivaient là-bas, que nous trouverions celui qui conclurait la quête de notre vie. Un très vieux mâle dont les pointes longues et recourbées mesureraient plus de 2 mètres de long, pèseraient peut-être plus de 40 kilogrammes chacune, un éléphant comme ceux qui vivaient partout en Tanzanie il y a plusieurs décennies. Je lui proposai de ne tirer que si nous découvrions l'animal mythique. Nous avions choisi le mois de septembre pour cette aventure et, pendant les quelques jours précédant son arrivée au camp, nous avions tout préparé.

Sefou était là avec son camion, que nous avions chargé avec tout ce qui nous était indispensable pour trois semaines en brousse. Les tentes, des provisions, un petit frigo à gaz et tout le nécessaire. Nous nous installerions là où la piste se terminait sur le bord de la rivière. J'avais aussi une chance extraordinaire, celle de faire pouvoir venir Madaba pour nous aider à pister. Il était arrivé avec moi sur le camp et semblait lui aussi enthousiaste à l'idée de découvrir les sources de la Ligombe.

Chapitre 13

Je pressentais que ce pouvait être notre dernier safari. J'avais réuni la meilleure équipe pour l'expédition. Sergey, bien sûr, le seul chasseur capable de marcher tant qu'il le faudrait, d'apprécier l'ambiance et l'aventure à sa juste valeur. Nannoy, avec qui je chassais depuis déjà dix ans, toujours aussi souriant et qui avait gardé comme par magie sa tête de 20 ans, et Madaba. Malgré son statut et son expérience, il ne faisait jamais preuve d'autorité, il était un ami qui gardait ses distances, un professionnel qui appréciait mes motivations, un guerrier qui préférait le cœur à l'orgueil. Il n'avait rien à prouver, peut-être qu'il s'en foutait, il avait connu suffisamment la misère ou les vertus des hommes en brousse pour ne pas prendre au sérieux son immense talent. C'était la première fois que j'allais le voir pister des éléphants.

Lorsque Sergey est arrivé de Russie, le camion était prêt à partir. Nous allions prendre la piste tôt le matin, essayer de trouver un buffle ou une antilope pour avoir de la viande au bivouac. Le camion suivrait quelques heures plus tard pour ne pas perturber la chasse. Après quelques kilomètres dans la Toyota chargée à bloc, nous sommes tombés sur un troupeau de buffles. Le vent était bon, ils étaient à environ 1 kilomètre et nous avons pu faire une approche relativement facile. Un peu à l'écart du troupeau, il y avait un grand mâle magnifique, si vieux que les bosses sur son crâne brillaient dans la lumière du matin, polies par les années comme les galets d'une rivière. Il était encore un peu loin, mais j'avais hâte de monter notre bivouac et j'ai demandé à Sergey de le tirer. Le buffle a démarré vite et fort, comme s'il n'avait pas été touché, pour se jeter au grand galop dans la forêt dense qui bordait la rivière. Nous avons attendu une vingtaine de minutes avant d'aller voir. Il était légèrement de trois quart lorsque Sergey avait tiré et la balle était peut-être entrée trop en arrière. J'ai regretté de ne pas avoir pris plus de précautions, attendu des conditions optimales ou approché un peu plus. Madaba et Nannoy ont commencé à le suivre facilement ; comme d'habitude je me concentrais sur les alentours pour découvrir l'animal et protéger mon équipe. Nous n'avions fait que quelques mètres dans la forêt lorsque la végétation a explosé avec le démarrage du buffle, arrêté à quelques mètres de la bordure. Impossible de le distinguer à travers la forêt. Je courais derrière lui en espérant une ouverture, suivant le son de ses foulées. Il n'est pas allé loin et, à la seconde où je l'ai entendu interrompre sa fuite, je me suis arrêté aussi. Toute l'équipe avait suivi. Le vent poussait maintenant notre odeur dans sa direction, il était caché tout près et je faisais signe à tous de garder le silence le plus total. Je ne voulais surtout pas prendre une charge et j'espérais le voir pour que nous puissions tirer à nouveau. Les minutes passaient et je fouillais la forêt avec mes jumelles pour le découvrir, sans succès. J'ai senti le vent rafraîchir mes épaules, la brise montante entraînait notre odeur vers lui. Toujours caché, il grognait comme un lion, sans intention de fuir. La seule raison pour laquelle il ne chargeait pas encore était qu'il ne pouvait pas nous localiser avec précision. Une charge de buffle en pleine forêt, c'était ce qu'il y a de plus dangereux. Pour survivre en se battant contre les lions, il lui faut de la puissance, de la résistance et du courage. Je voulais lui laisser faire le premier mouvement.

J'espérais que la situation deviendrait intenable pour lui, qu'il perdrait patience avant nous et qu'il se laisserait voir en se déplaçant un peu. Après plus de quarante minutes, la situation ne se débloquait pas, le buffle nous attendait et continuait à grogner chaque fois que le vent lui apportait notre odeur. Il fallait bien en finir tout en évitant un accident, d'autant plus grave que nous étions dans la région la plus isolée qui fût. Je m'approchai de Sergey pour lui dévoiler mon plan.

« Je vais enlever mes chaussures, avancer le plus lentement possible, pour que le buffle ne voie pas mon mouvement et qu'il n'entende pas mes pas. S'il me charge, surtout laisse-moi tirer mes deux coups, garde tes cartouches pour tirer si je ne l'arrête pas... et ne me tire pas dessus ! »

Je traduisis à Madaba le plan et retirai mes chaussures. J'appuyai la crosse de mon arme sur ma hanche pour ne pas fatiguer mon bras droit et je remontai de la main gauche mes jumelles presque au niveau de mon visage, pour les utiliser sans que le mouvement soit visible. Je commençais ma progression comme un chasseur à l'arc ou un léopard faisant son approche. Il fallait que mes mouvements soient si lents que le buffle ne puisse pas les détecter. J'essayais de me détacher absolument de la notion de temps, d'entrer en méditation, contrôlant ma respiration et le déplacement de mes pieds. Lorsque ma jambe prenait enfin appui sur le sol, je montais mes jumelles pour fouiller la forêt à la recherche du buffle. J'avançais dans la direction du dernier grognement. Il était là, invisible, prêt à déclencher la charge. Mon odeur lui parvenait avec plus de force et de précision, il savait que j'étais en approche et restait maintenant silencieux. J'ai mis trente ou quarante minutes pour avancer de 20 mètres. Il fallait contourner un arbre dont les branches s'étendaient à l'horizontale depuis le sol. Jusqu'alors, j'avançais en ligne droite vers lui ; un déplacement latéral aurait été beaucoup plus visible. Je montai à nouveau mes jumelles pour fouiller la végétation devant moi. À force de chercher, j'ai découvert la pointe d'une corne. Je m'attelais à découvrir le reste quand, à travers les feuilles, je vis la tache grise de son front. Chaque fois que je regardais à l'œil nu, ma cible disparaissait. Après plusieurs essais et en prenant des repères, je localisai, à une trentaine de mètres, les quelques centimètres carrés à atteindre. Sans bouger la tête d'un millimètre, j'épaulai mon arme. Je voulais en finir, je transpirais à grosses gouttes et j'accélérai un peu trop la fin de mon mouvement.

Le buffle me vit à cet instant précis et, prenant conscience que j'étais là, jeta brusquement sa tête énorme vers le haut, légèrement inclinée sur le côté, l'œil blanc, souffla fort et amorça le mouvement qui allait initier la charge. Mais j'étais entré dans la ligne de mire et la balle volait déjà vers lui. Il s'effondra à l'impact. Un nuage de poussière s'épanouissait, comme des rayons laiteux filtrés par la végétation. Sergey et les pisteurs étaient déjà à côté de moi lorsque le dos noir du buffle apparut à nouveau. Il se relevait, et Sergey tira ses deux coups qui le firent tomber définitivement.

Madaba me prit dans ses bras et me donna de grandes tapes dans le dos :

« J'ai chassé avec ton grand-père il y a longtemps, je suis fier de chasser avec toi aujourd'hui. »

Je n'avais jamais vu un Massaï avec les larmes aux yeux. Je ne savais pas non plus que Madaba avait connu mon grand-père ; il ne m'en avait jamais parlé. Je comprenais pourquoi il avait manifesté une sorte d'affection pour moi. Au fil du temps et souvent de manière inattendue, mon grand-père réapparaissait à travers des témoignages très éloignés de ce que j'avais pu écouter en France. Il avait laissé une trace dans le cœur de Madaba, un Massaï qui vivait aussi loin que possible de lui, du palais de l'Élysée, de la politique.

J'étais bouleversé par ses mots, son émotion, sa confession qui contrastait tant avec le buffle énorme, odorant, sauvage, étendu à côté de nous. La délicatesse des sentiments que l'histoire de vie, de danger et de mort avait fait ressurgir.

Après quelques photos, nous avons découpé le buffle et chargé la viande dans le 4 × 4 pour reprendre notre route vers la rivière Ligombe. Pendant que nous chassions, le camion était passé devant nous et lorsque nous sommes arrivés à l'endroit du bivouac, les hommes terminaient de monter les tentes. Nous avons passé les dernières heures du jour à nous installer le plus confortablement possible. Le cuisinier avait fait cuire du pain dans une bassine en aluminium recouverte de braises. Nous avons dîné d'une tartine grillée frottée avec de l'ail, recouverte de tranches de tomates et arrosée d'huile d'olive, puis d'un aloyau de buffle grillé. Les hommes qui avaient quitté le campement permanent pour nous accompagner dans cette expédition étaient tous heureux d'être là. Sergey souriait ; autour de nous les feux allumés projetaient une lumière chaleureuse, illuminaient les arbres et la plage où nous étions confortablement installés.

Le lendemain matin, nous étions prêts à partir à la pointe du jour. Nous allions découvrir la zone et nous rapprocher des sources de la Ligombe. En étudiant les images satellites avant le safari, j'avais découvert qu'une très ancienne piste semblait avoir existé. C'était une ligne droite probablement créée dans les années 1970 par les prospecteurs : le Selous avait été sauvé une première fois car, n'ayant pas trouvé de pétrole, ils étaient repartis, laissant quelques pistes mises à profit ensuite par les gardes du parc. Tout en cherchant des traces, nous allions ouvrir à la machette un passage pour le 4 × 4. Chaque après-midi, si nous n'étions pas en train de suivre un éléphant, nous explorerions les vallées environnantes.

Nous trouvâmes une empreinte de 46 centimètres de diamètre. Un véritable géant pour le sud de la Tanzanie – je n'avais vu qu'une seule fois un pied de cette taille. L'éléphant était passé avant le lever du soleil. Madaba prit la tête de la colonne et commença à pister. J'étais heureux de le voir travailler. Les premières centaines de mètres étaient faciles ; l'éléphant suivait une coulée sur laquelle la trace était visible. Il avait ensuite quitté la crête pour descendre dans une vallée. La pente sur laquelle il s'était engagé était raide et il était presque descendu sur le cul : ses postérieurs avaient laissé deux larges sillons en glissant alors qu'il poussait d'un antérieur sur l'autre pour se retenir. Une fois dans le ravin, il avait démonté branche par branche un arbre sur lequel il avait dû passer plus d'une heure. Nous étions heureux de suivre ce grand éléphant, mais on espérait que ce ne serait pas lui, le gros-porteur de nos rêves. C'était le premier jour et nous aurions été déçus de ne pas aller au bout de notre exploration. La sortie était difficile à trouver, car il avait tournicoté dans la vallée, aplatissant les pailles en tous sens. Chaque pisteur partait de son côté pour retrouver la trace, les yeux rivés au sol. Madaba, lui, avançait dans une autre direction. Il semblait se promener, légèrement à flanc de colline, là où l'herbe courte et dense rendait invisible n'importe quelle empreinte. Il paraissait détendu, détaché de toute forme de préoccupation ou d'empressement. Il regardait autour de lui, marchant d'un pas léger, absorbé par le ciel ou les branches hautes des arbres qui l'entouraient. Je ne comprenais pas ce qu'il regardait et encore moins ce qui pouvait bien se passer dans sa tête de magicien. Il disparut bientôt de ma vue et je me tournai vers Nannoy pour voir s'il trouvait un indice. Un sifflement retentit, celui que chacun de nous produisait pour avertir les autres qu'il avait retrouvé le pied, un sifflement joyeux, net et péremptoire lorsque l'auteur était sûr de son coup, plus modulé si un doute subsistait et qu'il fallait l'aide des autres pour confirmer que c'était bien la trace que nous suivions. Madaba nous appelait. Nous nous précipitâmes pour le rejoindre. Il n'avait pas pris la peine de nous attendre et disparaissait à nouveau derrière un rideau de pailles. Nous forcions l'allure pour le rejoindre. Je me plaçai derrière lui car je voulais le regarder pister de près. Il ne regardait toujours pas le sol mais semblait absolument sûr de lui. Les autres pisteurs profitaient du voyage et attendaient que Madaba perde le pied à nouveau pour le chercher s'il le fallait. Après deux heures de marche, nous sentîmes l'odeur forte d'éléphant : nous arrivions sur un crottin jaune et brillant, toujours chaud en surface, qui montrait que nous étions parvenus à destination. Nous nous arrêtâmes pour écouter. Un léger bruissement de pailles sur notre droite, un claquement de cuir : les oreilles de l'éléphant sur ses épaules. En tournant la tête, nous vîmes le géant qui avançait vers nous. Ses deux pointes étaient noircies par la sève des arbres, droites, épaisses… c'était un vieil animal, magnifique, qui s'était pulvérisé de terre rouge. Nous le regardions approcher mais il fallait sortir de son chemin : ce n'était pas l'éléphant que nous cherchions. C'était toujours un moment difficile car je voulais rester au contact, le laisser venir toujours plus près. Après nous être imprégnés de ses mouvements, de sa présence extraordinaire, nous nous déplaçâmes sans bruit pour rester sous le vent. Il ne se rendit pas compte de notre présence et disparut bientôt à nouveau, happé par la brousse pour toujours. Sergey, les pisteurs et moi nous regardions en souriant, heureux. Lorsque nous rejoignîmes Paolo, qui nous attendait avec la voiture, nous ouvrîmes à coups de machette le chemin qui nous rapprocherait un peu de notre but, les sources de la Ligombe.

Chapitre 14

Les débuts de notre expédition étaient à la mesure de notre rêve. Nous voyions tous les jours de grands mâles au pistage. En prospectant la zone chaque après-midi, nous avions trouvé un lac magnifique qui ne figurait pas sur la carte, en pistant deux éléphants qui parcouraient la brousse ensemble. Les deux compères ne s'arrêtaient pas pour manger, mais suivaient sur les crêtes une coulée tassée par quelques milliers d'années de passage. Ils étaient à l'évidence en voyage pour rejoindre quelque endroit que nous espérions à notre portée. Après plusieurs kilomètres sur ce chemin, nous étions arrivés en vue du lac. Nous aurions pu laisser les traces pour y descendre à bon vent, en espérant que les deux mâles y soient déjà, mais nous ne voulions pas risquer de passer devant eux. Nous fûmes surpris de voir qu'ils quittaient la coulée pour descendre dans une vallée. Nous imaginions qu'ils voulaient passer quelques heures à l'ombre, mais ils marchaient toujours. Madaba continuait à suivre, en accélérant le pas. Au bout de quelques minutes, il se tourna vers moi :

« *Wanaendoka*...

– Ils partent... quelque chose ne va pas. »

Nous marchions depuis le début avec le vent de face et ils ne nous avaient pas sentis. Je regardais le soleil pour m'orienter. Ils avaient soudainement changé de direction, peut-être parce qu'ils voulaient rejoindre une source un peu plus loin.

Madaba ne perdait jamais le pied de l'éléphant. De temps en temps, je m'avançais un peu pour l'observer : son visage luisait de sueur, le regard sombre, presque agressif ; il était contrarié et tendu, ses mouvements habités par la colère. Il était 14 heures, des particules se détachaient des pailles et virevoltaient dans l'air chaud. La brousse était silencieuse, écrasée par le soleil. L'espoir de trouver les éléphants arrêtés à l'ombre nous faisait marcher de plus en plus vite, jusqu'à nous fatiguer. Nous aurions dû arrêter le pistage mais nous étions déjà trop loin pour renoncer. L'espoir de les voir et l'envie de comprendre nous faisaient perdre la notion du temps. Abrutis par la lumière, nous marchions comme des automates. Nous voulions vérifier derrière chaque colline s'ils étaient là mais celles-ci se succédaient en vain, sans eau, sans arbre assez haut pour qu'une ombre accueillante les retienne un peu. Lorsque nous avons enfin trouvé un nouveau crottin, il était séché par le soleil. Nous n'allions plus les rejoindre. Sergey restait silencieux, sa chemise était trempée, les gourdes étaient vides et il fallait abandonner. Mon GPS marquait 7 kilomètres jusqu'à la voiture, à vol d'oiseau ; il fallait bien en rajouter 3 avec les détours pour éviter les ravins. Nous arriverions juste avant la nuit. La journée avait été bonne tout de même, car nous avions pu, grâce aux deux éléphants, découvrir le lac. J'avais vu qu'il était grand, alimenté par deux petites rivières ; nous allions y retourner pour voir les animaux qui venaient s'y baigner ou manger les plantes aquatiques.

Le lendemain matin, nous étions en route avant le lever du soleil. Paolo tourna pour rouler sur notre hors-piste ouvert à la machette. Après une petite heure à cahoter sur les touffes de pailles, à serpenter entre les arbres, il arrêta la voiture. Mon GPS indiquait le lac à 4 kilomètres : nous allions l'atteindre vite grâce à la coulée séculaire des crêtes. Depuis la colline qui le surplombait, je vis des défenses briller dans la lumière. Des éléphants étaient là. Nous descendîmes pour la première fois des collines en restant sous le vent pour ne pas déranger les animaux. Les éléphanteaux jouaient dans l'eau et une grande femelle, dont on ne voyait que le ventre rebondi dépasser de la surface, se laissait flotter. Les autres arrachaient de longues tiges, les secouaient pour rincer les racines avant de les manger. Nous nous sommes assis à l'ombre, sur un arbre mort, pour observer confortablement le spectacle. Tout était calme jusqu'à ce qu'un mâle arrive. Je montrai l'éléphant à Sergey. Il émergeait de la végétation et il ne lui restait plus que quelques mètres à parcourir pour que nous puissions voir ses défenses. Il émettait un long grognement, comme pour avertir le troupeau de son arrivée. Lorsqu'il commença à patauger en bordure, nous vîmes que c'était encore un jeune animal. Au lieu de se mettre à manger, il accéléra le pas. Il poussa les jeunes hors de l'eau en barrissant et secouant la tête. Il remonta finalement sur la berge pour faire des allers-retours, face au vent. Il gueulait, encore et encore, ses oreilles claquaient sur ses épaules, sa trompe fendait le nuage de poussière qu'il soulevait. Comme si chaque arbre, chaque feuille et chaque épine agitée par le vent représentaient un danger, il faisait des charges d'intimidation en direction de la brousse. Sa fureur contrastait avec l'insouciance du troupeau, qui ne comprenait pas son attitude. Nous observions la scène sans échanger un mot. Les éléphanteaux. La prévenance de leur mère qui s'interposait entre eux et le mâle. Sa colère finit par se calmer un peu lorsque la matriarche décida de partir, suivie de tous. Il fermait la marche d'une allure engagée, tête haute, œil blanc, son pied arrière devait se poser au moins 50 centimètres devant l'empreinte de son antérieur, tant la tension amplifiait ses foulées. Il ressemblait à un cheval de bataille sur une toile de Géricault. Son histoire nous était racontée mieux qu'avec des mots. Madaba, assis à côté de moi, le dos arrondi et les coudes appuyés sur ses genoux, avait lui aussi compris ce qui provoquait un tel comportement. Le lac était maintenant désert. Je ressentais une sensation de froid et de vide, violente comme la certitude qui lui donnait corps : les braconniers étaient arrivés.

En prenant mes jumelles pour regarder la cime des arbres, je trouvai ce que je cherchais : une trentaine de vautours posés à l'autre bout du paysage. Nous allâmes voir. Dans une petite rivière de sable qui descendait des collines, une odeur de charogne coulait comme de l'eau. Trois carcasses d'éléphants gisaient dans un rayon de 50 mètres. Nous n'étions plus seuls au monde. Nous comprenions pourquoi ceux que nous avions pistés la veille étaient partis. En arrivant sur le lac, face au vent, ils avaient reçu de loin l'odeur de mort. Ils devaient maintenant être très loin, quelque part où ils se sentaient à l'abri.

Je passai de l'insouciance à la honte qui étrangle. Si nous n'étions pas les commanditaires responsables du massacre des éléphants, pour le jeune mâle du lac, nous appartenions à la même espèce que les braconniers. Des hommes pauvres, venant probablement des villages qui entouraient le Selous, qui gagnaient des fortunes pour finalement assez peu d'ivoire ; ils n'emportaient que ce qu'ils pouvaient porter. Ils se droguaient pour pouvoir marcher jour et nuit, sans s'arrêter, risquant leur vie bien sûr si une patrouille les trouvait mais aussi avec les animaux, en particulier les hippopotames, les éléphants et les lions. Sergey observait les carcasses et je voyais bien qu'il était bouleversé. Lui aussi tuait des éléphants. Devant les corps gonflés sur lesquels coulaient les déjections blanches des vautours, le sang séché qui souillait la pureté du sable, nos certitudes s'effondraient avec violence. La mort de ces animaux était injuste, inutile, elle ne servait qu'à anéantir. On ne pouvait pas l'attribuer à la sélection naturelle ou à un paysan qui aurait défendu son champ, elle était l'expression de ce qu'il y a de misérable chez nous. Une mort indigne, sans conscience et sans honneur, pour assouvir le marché noir asiatique en ivoire. La complexité de notre rapport à la nature et à la chasse se corsait dans nos cœurs révoltés. J'observais les pisteurs pour essayer de lire leurs sentiments. Madaba faisait le tour des carcasses. Fidèle à lui-même, il cherchait les traces des braconniers.

« C'est comme il y a longtemps, ça recommence. »

Nannoy regardait ailleurs, il avait visiblement envie de partir. Le *game scout* prenait des notes consciencieusement, son GPS à la main pour transmettre les coordonnées à ses chefs.

Madaba avait connu la grande vague de braconnage dans les années 1980. Nannoy découvrait quant à lui le sentiment de rage que ce spectacle provoque, celui que j'avais éprouvé pour la première fois en Centrafrique. Je croyais que les éléphants et le Selous étaient à nous. J'avais fui l'Europe pour trouver refuge ici tout jeune, dans un autre monde, loin des ennemis, là où je pensais que l'aventure et l'honnêteté nous sauveraient, les éléphants et moi. Je pensais que le seul fait d'agir honorablement protégeait cette Afrique et envoyait un message à l'univers, justifiant un privilège difficile à défendre. C'est pour cela que je m'étais avancé seul, en chaussettes, pour achever le buffle et que Madaba m'avait embrassé.

Je repensais à un éléphant, chassé quelques mois plus tôt. Mon client lui avait tiré dessus et, au lieu de s'effondrer à l'impact, il avait disparu en quelques secondes. Nous l'avions pisté et quand nous l'avons retrouvé, quelques minutes plus tard, il nous avait chargés de toute sa force, la trompe enroulée et les oreilles plaquées sur les épaules, tête légèrement inclinée. Il avait démarré de loin et j'avais crié à mon chasseur de tirer. Sa seconde balle ne l'avait pas arrêté et j'observais l'éléphant continuer sa charge, explosant la végétation, et j'attendais toujours pour tirer. Il s'agissait de l'arrêter, c'était lui ou moi, je prenais mon temps pour ne pas rater mon tir. Mais alors qu'il avait déjà parcouru la moitié du chemin, le temps s'est arrêté. J'enregistrais chaque détail de la scène dans un ralenti somptueux. Quelle autre occasion avons-nous de voir la mort aussi belle ? Il pouvait me tuer et avant d'appuyer sur la détente tout était encore possible. C'était si beau que j'avais envie de le laisser m'emporter. J'attendais toujours, je n'avais pas peur. J'ai finalement tiré lorsqu'il était à quelques pas de moi et je l'ai arrêté, cette fois-ci. Peut-être qu'un jour je le regarderai arriver, et laissant tomber mon arme, j'embrasserai la beauté et la mort en terminant ma vie par un éléphant.

J'essayais de minimiser l'incident pour Sergey. Je ne voulais pas qu'il parte, je voulais finir le safari et trouver le grand éléphant. Les ressources dont nous disposions pour financer la lutte antibraconnage venaient des chasseurs. En empêchant les safaris, certains écologistes et politiques allaient avoir le sang de milliers d'éléphants sur les mains. Avant de lutter contre la chasse sportive, ils auraient pu avoir une solution alternative pour protéger le Selous. Mais ils ne l'avaient pas. C'était de la politique, de l'idéologie. Les dizaines d'années de communication avaient tant modifié la perception des Occidentaux qu'il était impossible de revenir en arrière, il valait mieux laisser mourir les éléphants plutôt que de laisser la chasse jouer un rôle dans la conservation de l'espèce. Certaines choses ne peuvent pas être comprises sans passer par l'expérience et le pouvoir des images est bien trop grand. D'ailleurs, j'avais moi-même été choqué avant de la connaître par une vidéo de chasse à l'éléphant. Je ne pouvais pas leur en vouloir.

C'était une Chinoise, Yang Feng Glan, qui était à la tête du trafic. Elle payait plus de 200 dollars le kilo d'ivoire aux braconniers à qui elle fournissait une arme et des cartouches. Elle a été arrêtée et condamnée quelques années plus tard, mais le mal était fait.

Il nous restait une semaine de safari avec Sergey. Nous avons continué à ouvrir notre hors-piste chaque jour pour nous rapprocher des sources de la Ligombe. Nous arrivions à la fin de l'ancienne piste de prospection des pétroliers et nous essayions de trouver un passage dans les collines. Le paysage était encore plus accidenté et, malgré nos efforts, nous ne trouvions pas de solution pour nous rapprocher avec la voiture. Il n'y avait plus de chemin d'éléphant sur les lignes de crêtes, c'était une succession de collines abruptes séparées par des ravins profonds. La forêt de miombo très dense réduisait la visibilité, il y avait de l'eau et de la nourriture en abondance, ce qui permettait aux éléphants de passer plusieurs jours dans un secteur sans en sortir. J'avais pris les coordonnées GPS des sources sur la carte et nous marchions en direction de notre objectif ; encaissant une colline après l'autre, nous passions les *korongo* et nous devions parfois nous agripper aux racines et aux touffes de paille pour en sortir. Le vent tournait beaucoup et je me demandais si nous pourrions approcher un éléphant assez près pour voir les défenses. Nous avions beaucoup de kilomètres à faire, on trouvait en chemin d'énormes crottins, quelques traces assez vieilles de grands mâles et les arbres qu'ils avaient écorcés. Il n'y avait plus aucun signe de troupeau, c'était la zone refuge pour les survivants de la première vague de braconnage, comme je l'avais espéré. La marche nous fit du bien, nous oubliions les carcasses laissées par les braconniers ; nous étions parvenus à nous réfugier encore un peu en brousse, loin d'eux et de ce qui se tramait. Ce paysage dense, foisonnant et accidenté, était étrangement silencieux. On n'entendait pas d'oiseaux, nous ne croisions pas d'animaux d'autres espèces. Alors que nous progressions en silence, je me sentais vulnérable. Je pouvais entrevoir ce que les explorateurs ou les soldats allemands et anglais qui s'étaient battus par ici pouvaient avoir éprouvé. Malgré la présence des éléphants, de l'eau et des arbres, la brousse montrait un visage rude et presque hostile. Nous étions habitués à voir des troupeaux de buffles, des antilopes, les mares pleines d'hippopotames et d'oiseaux sur le Mbaragandu. Lorsqu'on escaladait quelque hauteur, le Selous avait parfois un air marin, inspiré sans doute par le sable blanc des rivières et le vent léger qui venait de l'océan, foisonnant de vie, de sons et de couleurs. Ici nous étions engloutis par la forêt, cassés par les ravins, aucun effort ne nous faisait émerger de la végétation. Nous soufflions pour escalader une colline, nous respirions à la descente, nous atterrissions dans un *korongo* que nous suivions en espérant qu'il serpente dans la bonne direction, mais il tournait pour nous ramener à notre point de départ. Il fallait la puissance et la hauteur d'un éléphant pour ne pas être étouffé par ce paysage. Moi qui aimais marcher vite, je devais me soumettre. Je chassais toujours avec une paire de tennis en cuir blanc, semelles fines et souples pour évoluer sans bruit ; j'aimais cette sensation de simplicité et c'étaient les seules chaussures qui tenaient le coup une saison entière. Celles en toiles s'ouvraient par l'usure des pailles. Les modèles utilisés par les clients étaient lourds et raides, les semelles se décollaient après quelques semaines. Je me cassais la gueule dans les descentes abruptes plusieurs fois. Après quelques heures à batailler, je regrettais de n'avoir pas plus étudié les anciennes cartes de 1972, sur lesquelles on lisait le méandre des *korongo* entre les collines. J'étais obsédé par l'impression d'omniscience des photos satellites modernes grâce auxquelles j'avais vu l'ancienne piste des pétroliers. Nous étions fatigués en débouchant dans une vallée un peu moins étroite ; une légère touche de vert sur les pailles montrait que de l'eau circulait sous le sable. Devant nous, un miombo gigantesque était abattu, complètement démonté, branche par branche ; la chair à vif et les grands lambeaux d'écorce brillaient sur le feuillage tapissant le sol. On sentait l'odeur fraîche et acidulée de la sève. Comme toujours, la trace de l'éléphant était une révélation, celle de l'existence d'un trésor d'autant plus extraordinaire qu'il ne pouvait être découvert par personne d'autre sur terre. Je voulais pister pour trouver un géant dont les pointes patinées de noir bleuté rejoindraient le sol dans une courbe longue, élégante, des défenses épaisses portées par un éléphant si vieux qu'il serait maigre, les tempes creusées et les oreilles déchiquetées et que seule une quête irréprochable, intense, méritante nous permettrait de trouver.

Chapitre 15

Après avoir démonté l'arbre, l'éléphant avait marché en ligne droite. Comme toujours, nous trouvions les plus beaux endroits grâce aux grands mâles que nous suivions. Depuis que nous nous étions jetés dans cette traversée vers les sources de la Ligombe, c'était la première vallée accueillante, large et facile à marcher que nous traversions. Elle s'ouvrait autour d'un *korongo* dans lequel l'éléphant était descendu pour boire. C'était toujours un moment crucial et émouvant, car sur le sable, nous pouvions mesurer le pied et observer les dessins de son empreinte. L'animal n'avait jusqu'alors marché sur aucun sol nous permettant de le faire. Quand Madaba se dirigea vers le *korongo*, l'émotion fit battre mon cœur plus vite : j'avais un pressentiment. Prudemment, avec douceur, nous nous approchâmes du bord de la petite rivière. Au lieu d'accélérer le pas, nous avions ralenti pour découvrir ensemble ce que ce voyage à travers le temps et l'espace nous réservait. La petite rivière mesurait une quinzaine de mètres de large. La section qu'il avait choisie pour boire était bien droite, une bande immaculée sans autre trace, comme si c'était le seul éléphant à y descendre depuis des années. Un trou qu'il n'avait pas refermé laissait voir en son fond l'eau pure, filtrée par le sable. De chaque côté de ce puits en forme de demi-lune creusé avec la trompe, deux cylindres avaient aussi laissé une marque sur le sable. C'était la courbe de défenses si longues qu'elles touchaient le sol. La tension qui me nouait les tripes s'accentua encore, et un stress immense m'envahit sans que je comprenne ce qui le provoquait. Alors que nous regardions les traces qui s'éloignaient, en plein milieu du *korongo*, je me rendais compte que j'avais peur. Peur de trouver le plus bel éléphant de notre vie, le plus rare, survivant de notre époque et de la précédente Je ne voulais pas voir notre quête s'achever. Et si c'était vraiment le grand éléphant de notre rêve, que ferions-nous ensuite, les pisteurs, Sergey et moi ? Et je repensais aux carcasses du lac, aux années de pistage et d'aventures, et plus nous nous rapprochions de lui, plus j'avais peur de ma propre réaction. Nous marchions sur les traces, en plein milieu de la petite rivière de sable, c'était facile. En arrivant au premier tournant, il y avait le crottin, énorme, encore chaud. Il était là, tout près de nous. Nous nous arrêtâmes un moment pour écouter. J'aurais pu perdre connaissance tant la tension qui me gagnait était intenable. Sergey était concentré et sérieux, les pisteurs aussi, nous avancions à pas de loup, nous allions le trouver. Je le savais car une légère brise venait à notre rencontre, nous étions à bon vent, et, si le hasard ne l'avait pas conduit à faire une boucle pour repasser derrière nous, il n'avait aucune chance.

« Tsssssss !!!!!! *Apa apa !* »

Nannoy l'avait vu. Légèrement sur notre droite, derrière un arbre, l'éléphant apparut, parfaitement immobile. Les hautes pailles arrivaient à peine à la moitié de sa hauteur. Il était à environ 60 mètres, de dos. Sergey avait pris en main son express, jusque-là appuyé sur son épaule, et je fis de même. Nous nous déplaçâmes légèrement ; je pris la tête de la colonne pour chercher un angle qui me permettrait de voir les pointes. En regardant dans mes jumelles, je vis le départ des défenses. Épaisses et sombres, elles plongeaient dans les pailles en s'écartant loin du corps de l'animal. Mon cœur battait très fort et ma main tremblait ; je ne voulais pas que Sergey se rende compte de mon émotion, et je regardai à nouveau à l'œil nu, avant de me décaler encore pour rester sous le vent. L'éléphant dut pressentir que nous étions là, ou il voulut simplement changer de position. Ses oreilles frappèrent ses épaules et il accompagnait ce mouvement d'un coup de tête léger vers le haut, suffisamment ample pour que je voie l'ivoire, un dixième de seconde, à travers les hautes herbes. C'était lui, le dernier gros-porteur du Selous. Il tourna sur ses traces pour venir de trois quart vers nous. Il n'y avait plus d'issue, Sergey allait tirer. L'éléphant n'était pas maigre comme je l'avais imaginé, ses oreilles étaient bien entaillées mais son corps respirait la puissance et la santé ; ses tempes, bien que creusées par l'âge, ne montraient pas l'aspect squelettique des très vieux animaux que j'avais pu voir. Les épaules rondes, le dos bien rempli et l'arrière-main puissante laissaient penser qu'il avait encore de belles années à vivre. Il se rapprochait encore et ses défenses ouvraient les pailles devant lui. Je ne voulais pas regarder Sergey. D'habitude, je tendais mon bras pour chercher son épaule, lui faire signe de passer devant. Mais je ne voulais pas qu'il tire. En me tournant vers lui, je vis sur son visage l'expression qu'il avait lors de la cérémonie des cadeaux en début de safari. Un sourire humble et concerné, qui venait du cœur, ses yeux exprimant le léger doute qui le taraudait quant à la décision qu'il allait prendre. Il en oubliait son arme, hypnotisé comme nous par l'éléphant. Il partageait mon rêve. Nous étions libérés de toute contrainte, nos efforts et notre passion étaient récompensés. Nous étions les seuls témoins d'une existence si précieuse que nous voulions en garder le secret. Alors que les braconniers envahissaient la région, le bonheur de laisser cet éléphant surpassait les autres. Nous n'en parlerions à personne. Comme les lycaons qui avaient protégé le dernier rhinocéros noir du Selous, nous étions les gardiens d'un souvenir, après ce dernier safari, qui serait un réconfort et un espoir pour les éléphants, mais aussi pour nous-mêmes.

Les carcasses du lac avaient disparu ; aucune déjection de vautour ni odeur de charogne, la vie du dernier grand éléphant était un miracle. Je n'eus pas eu besoin d'en parler aux pisteurs, ils savaient eux aussi que les safaris se terminaient. Je demandais à Nannoy de me passer l'appareil photo. Sergey arrêta mon geste très sérieusement, et avec son accent russe :

« *I don't shoot, you don't take pictures.*

– OK. »

Il avait raison. Je me tournai vers les pisteurs : « *Tunaandoka*, nous partons. »

L'éléphant n'était qu'à quelques mètres de nous. Nous reculâmes très doucement et il perçut notre présence. Il ne chargea pas, se contentant de secouer la tête en faisant claquer ses oreilles sur son corps, créant un nuage de poussière blanche et ocre autour de sa tête. Il s'éloigna doucement et nous partîmes traverser les collines pour rentrer au campement.

Nous levâmes le camp volant pour rejoindre le reste du groupe qui chassait à Kibaoni, heureux de revenir sur le Mbaragandu. Lorsque nos amis nous demandèrent des nouvelles de notre expédition, nous répondîmes que nous n'avions pas trouvé d'éléphant. Nous allâmes chasser le buffle au bord de la rivière, surtout pour le plaisir d'approcher les animaux et de photographier les lions qui chassaient les troupeaux en fin d'après-midi. Lorsque le petit avion vint chercher les clients, je savais que je ne reverrais plus Sergey en Tanzanie.

J'avais l'intime conviction que le safari suivant serait le dernier de ma vie de guide. Je passai trois semaines à profiter de chaque seconde, sans réaliser le déchirement que j'allais ressentir en quittant le Selous pour toujours. Je ne pourrais jamais y retourner car la réserve elle-même allait disparaître : un barrage hydroélectrique, un nouveau parc national et l'abandon des zones du sud la rendraient méconnaissable. Je pensais qu'il serait facile de tourner la page ; après tout je n'avais jamais manqué de rien. Je n'avais jamais cherché de travail. Deux ans plus tôt, j'avais acheté une petite maison en Espagne, près de Séville, au sommet d'une colline couverte d'oliviers bicentenaires. Leurs troncs énormes et leur silhouette torturée prenaient un aspect fantastique dans la brume matinale. Je partis de Tanzanie avec le vol de Swiss Air, via Zurich, pour Genève. Il faisait très froid, c'était l'hiver en Europe. Il y avait de la neige au bord de l'autoroute qui m'emmenait vers la France, où j'allais voir ma famille et mes amis. En sortant de l'avion, le froid de la passerelle m'était familier ; je portais mon blouson de cuir, le même qui me protégeait lorsque je recherchais un léopard dans la nuit. Au milieu des gens tout blancs et un peu gris dans la navette, je me demandais combien de temps il me restait. Ma main noircie par le soleil tenait la barre à côté de celle d'un homme en costume. Les filles me regardaient. Les veines de mon avant-bras, normalement dilatées par la chaleur, avaient disparu. Lorsque je rentrais d'Afrique, je passais mon temps à sortir, trouver des copines pour goûter à ce que je n'avais pas en brousse, la douceur, le bonheur d'être au lit contre le corps d'une femme pendant les matinées d'hiver, l'ambiance de la ville, le café et les croissants avant de retourner faire l'amour jusqu'à midi. Ce n'était pas facile de maintenir une relation amoureuse en partant la moitié de l'année en Afrique. En général, la première année, ma fiancée trouvait cela romantique, la deuxième elle me demandait de rentrer en milieu de saison, et la troisième année était celle de la rupture. J'avais bon espoir pourtant et je donnais souvent en exemple les épouses de militaires et le grand avantage d'être totalement présent et libre le reste de l'année, ce qui n'était pas suffisant. Je faisais ce que je pouvais mais finalement cela faisait partie du prix à payer, c'était la solitude dont m'avait parlé Gérard.

En conduisant sur le goudron lisse et confortable de l'autoroute de Lyon, je pensais que la vie semblait bien facile en Europe, cossue et feutrée. J'allais devoir trouver autre chose pour survivre car je ne retournerais pas en Tanzanie. La dernière odeur de brousse que je sentirais jaillirait de mon sac lorsque je l'ouvrirais, une fois à la maison.

Au mois de mars, j'apprenais que la compagnie fondée par Gérard quarante ans plus tôt fermait ses portes. Avec l'arrêt des safaris, les zones ont été abandonnées et le massacre des éléphants a continué. Le grand porteur que nous avions trouvé doit vivre encore, caché dans les collines, près des sources de la Ligombe où nous ne sommes finalement jamais arrivés. Je ne m'attendais pas à ce que Sergey épargne son dernier éléphant, le plus grand, dont la quête avait motivé cette expédition. Mais nous avions vécu tellement de belles aventures ensemble, chassé de beaux éléphants, qu'il était heureux de sauver ce grand mâle, à sa façon. Il en garderait le souvenir et cette image était assez forte pour effacer celle des carcasses. Nous ne pouvions pas continuer la chasse si elle ne les protégeait plus comme avant…

L'Afrique m'avait fait respirer longtemps, j'essayais maintenant de me convaincre que le bonheur existait en Europe. J'allais trouver un travail normal, fonder une famille. Mon ami Franck avait pris sa retraite un peu plus tôt, il peignait de grands tableaux naïfs et colorés représentant la brousse et les animaux ; il semblait heureux. C'était le seul exemple de guide reconverti que j'avais et il me donnait de l'espoir. J'admirais beaucoup la discipline qui rythmait ses journées et je voulais l'imiter, sans jamais y parvenir. Je ne voulais parler à personne de mes souvenirs d'Afrique. C'était impossible à expliquer et je ne défendais même plus les safaris lorsque des donneurs de leçons torturaient mon ego et mes convictions. Après presque vingt ans passés en pleine nature, le décalage que je ressentais avec les autres s'était accentué ; le choix radical que j'avais fait à 18 ans, synonyme d'apprentissage et de rencontres, le privilège de vivre en homme libre, celui d'avoir choisi mes maîtres et mes contraintes était abattu par des règles nouvelles, celles d'une société prête à me faire payer l'addition de ces années de liberté. Le système me paraissait répressif et intolérant. Je me souvenais qu'à 20 ans, en rentrant de huit mois de brousse, je n'osais pas sortir dans la rue. Les premiers jours, je préférais même jeûner plutôt que de faire la queue devant une boulangerie. Où pouvais-je aller et qui allait me sauver ? Je ne savais pas encore que si le deuil est une épreuve, c'est surtout un travail de mémoire : faire honneur à ce qui a été vécu, à ce qu'on a aimé. Au lieu de m'apitoyer sur le passé, je pouvais écrire de nouvelles pages. Rien n'est perdu. On peut avoir plusieurs vies.

Chapitre 16

J'étais assis sur ma colline andalouse, au milieu des oliviers bicentenaires. J'avais acheté une petite maison, sans eau courante ni électricité mais très jolie, avec une vue imprenable sur les couchers de soleil et la chaîne montagneuse qui sépare les provinces de Séville et de Cordoue. Quelques panneaux solaires et une citerne pour stocker l'eau de pluie me permettaient de vivre confortablement lorsque je rentrais d'Afrique. Les matins d'hiver, je regardais la brume glisser dans la vallée en prenant mon café, sur la terrasse que j'avais fait construire pour profiter du spectacle. Je vivais seul avec mes livres et un piano droit sur lequel je jouais chaque soir. La dimension monacale de mon travail en Afrique avait déteint sur ma façon de vivre en Europe. Il me fallait ma petite maison pour poser mes valises. Je voulais apprendre l'espagnol, découvrir Séville, belle et paisible, pont entre l'Europe et l'Afrique, mais aussi pouvoir être seul, un réflexe à moi au cas où la vie passe mal. J'avais mon refuge et justement, j'y étais.

Je relisais le courrier d'une compagnie de safaris qui m'offrait du travail à l'extrême sud du Cameroun. J'avais quelques fois entendu parler de la grande forêt équatoriale. Les guides de chasse qui la connaissaient m'avaient tous dit la même chose : c'était un environnement très dur, hostile, étouffant et qui vous tapait facilement sur le moral après trois ou quatre mois. Ces commentaires précédaient toujours la même phrase : « Mais c'est très beau. » Je retournais ces mots dans tous les sens, comme si la décision de partir au Cameroun dépendait de l'interprétation que j'en ferais. Le whisky et le piano ne m'aidaient pas à gagner une partie d'autant plus impossible que je la jouais contre moi-même, j'avais peur d'admettre qu'il me faudrait peut-être tout reconstruire, changer de vie. La raison n'était jamais intervenue dans mes choix. J'avais suivi la magie, les rêves et le destin. Seulement je n'avais plus 18 ans. Je devais faire le deuil du paradis, le Selous, et chercher une reconversion intelligente, rationnelle, calculée. C'est en tout cas ce que j'imaginais. À 35 ans, je croyais comprendre un peu mieux la vie, mais c'était tout l'inverse.

Pourtant, j'ai accepté la proposition. Il s'agissait d'aller construire un camp à la frontière du Congo pour y guider des chasseurs et des safaris-photos si la zone le permettait. Cette idée de guider des photographes à pied, dans les mêmes conditions que la chasse, me plaisait énormément ; je rêvais de le faire en Tanzanie mais les coûts de transport et les taxes pour entrer dans le Selous décourageaient les clients éventuels. Je suis allé rencontrer la directrice à Madrid pour avoir plus de détails. La zone était inexploitée depuis plusieurs années, il fallait ouvrir quelques pistes, construire des ponts et recruter une équipe au complet, du cuisinier aux pisteurs. Les zones de chasse, de safaris-photos, n'importe quelle réserve ou n'importe quel parc national en Afrique abandonné est envahi et nettoyé par les braconniers, qui font du trafic de viande de brousse ou d'ivoire, là où il reste des éléphants. Je savais bien que ce serait probablement le cas dans cette région, et lorsqu'elle a abordé le sujet, j'ai été très clair : je m'occuperais de tout sauf de la lutte antibraconnage. C'était leur boulot, j'étais guide de chasse et photographe, pas mercenaire. Je savais trop le danger de mélanger les deux activités, et puis je ne connaissais pas le Cameroun, je ne voulais rien promettre pour un pays et une organisation que je ne connaissais pas. Je pouvais faire du renseignement de terrain pour aider les autorités compétentes à affronter le problème s'il existait sur cette zone, ni plus ni moins. La partie safari-photo, c'était pour emmener les clients voir les gorilles et les chimpanzés ; il y en avait beaucoup dans la région. Les gorilles... voilà qui me faisait rêver. Je n'en avais jamais vu à l'état sauvage. Il y aurait aussi *Loxodonta africana cyclotis*, l'éléphant de forêt, beaucoup plus petit que son frère de savane, avec des défenses toutes droites et dont l'ivoire est légèrement rosé. Après tout, ce n'était que quelques mois, une nouvelle expérience qui ouvrirait peut-être un tournant positif dans ma carrière et dans ma vie.

Après les formalités d'usage à Yaoundé pour obtenir un permis de travail, je prenais la route vers le sud-est, pour rejoindre la zone. Je voyais pour la première fois les arbres immenses, allongés derrière les camions qui dérapaient dans les virages de la piste. Les grumiers coupaient les tournants sans se soucier des voitures qui se jetaient d'un côté ou l'autre pour échapper aux tonnes de ferrailles et de bois. Ma destination était Moloundou, un petit village sur la rivière Ngoko, frontière entre le Cameroun et le Congo. Moloundou, c'était le bout du monde. Alors que je traversais une bonne partie du pays pour y arriver, je ne voyais pas de panneau, de différence dans le paysage, de limites légales comme pour le Selous dans lequel on pénétrait autorisé, enregistré, averti du lieu, du sanctuaire. Ici, la limite entre ce qui était exploité ou non, connu ou secret, restait invisible, cachée derrière la végétation dense qui profitait de la lumière pour exploser au pied des arbres, de chaque côté de la piste rouge. Cette piste me donnait le sentiment d'être une fourmi luttant contre le flux de tout ce qui était arraché, exploité en forêt, une vraie saignée, un écoulement continu qui s'échappait du poumon de la terre. Quelques kilomètres avant Moloundou, j'ai vu les premières huttes des Pygmées Baka, dont mes amis m'avaient aussi parlé. Les quelques habitations rondes, faites de grandes feuilles posées comme des tuiles sur une armature en bois, étaient visibles depuis la piste, un quartier un peu à l'écart des autres, entre le monde de la forêt et celui du commerce. Je me demandais si c'était une tentative de compromis, la volonté de garder un peu du mode de vie ancestral tout en établissant un contact avec le reste de la société camerounaise, ou l'isolement, la mise à l'écart des victimes d'une ségrégation ? On m'avait parlé des Baka, l'un des derniers peuples au monde capable de vivre exclusivement des ressources de la nature, sans agriculture ni élevage. J'avais lu dans plusieurs articles sur le Cameroun qu'ils étaient victimes de racisme et de mépris. De toutes les promesses que pouvaient me faire ce voyage, celle de les connaître un peu, et grâce à eux la forêt, était celle qui me faisait le plus rêver. En quelques mois, je ne pourrais qu'apercevoir, souvent sans les comprendre, des comportements et des connaissances si vitales et complexes que mon désir d'apprendre ne suffirait pas à me les approprier, mais j'espérais au moins en être témoin.

Le campement que je devais construire avait déjà existé : il y avait une base sur laquelle travailler. La piste était interrompue par la rivière Boumba, affluent de la Ngoko, il fallait la franchir pour rejoindre le campement mais la barge pour faire traverser les véhicules n'existait plus. Je devais abandonner la voiture en bord de rivière, marcher en forêt 5 ou 6 kilomètres et appeler depuis la berge d'en face le gardien, Kipando, en espérant qu'il m'entende. Il n'avait reçu aucune visite depuis plusieurs mois, il n'était pas averti de mon arrivée, mais c'était le gardien, il serait sûrement là… Il avait une pirogue pour me faire traverser. S'il n'était pas en forêt ou à la pêche, parti relever ses pièges, retourné voir sa famille, en train de couper un arbre pour récolter du miel, il devait être là. « Oui, mais c'est le gardien. » Denis me répétait ces mots, un peu agacé par mes doutes, lorsque je lui demandais ce que nous ferions si Kipando n'était pas là. Denis était monté avec moi lorsque je traversais le dernier village, avant la piste de la Boumba. Il m'avait été recommandé par la compagnie de safaris, son nom inscrit parmi d'autres, avec les villages où les trouver, sur mon papier déjà rougi par la poussière de la piste. Denis était un Bantou, « un grand », comme disaient les Pygmées, avec qui il était en compétition car il se mêlait de la chasse, mais aussi des achats pour la compagnie de safaris. Denis avait été prévenu que je passerais par son village et il m'attendait. À sa manière d'engager la conversation, je l'avais trouvé antipathique ; il avait un profil courant dans les compagnies de safaris, sachant avec habileté se rendre indispensable mais sans cœur, trop individualiste pour ne pas se faire détester en secret par toute l'équipe, mais avec des connexions politiques ou économiques assez puissantes pour garder sa position.

Au bord de la Boumba, là où la piste s'arrêtait, nous avons laissé le 4 × 4 pour entrer dans la forêt et suivre la berge en direction du campement.

J'avais une fois manqué mourir de soif en Centrafrique, et ne sachant combien de temps nous allions passer en forêt ou à attendre Kipando, j'emmenai plus de 5 litres d'eau. Après 100 mètres, ma chemise était trempée, d'énormes gouttes ruisselaient sur mes bras et je buvais tout ce que je pouvais tant j'avais soif. Denis, évidemment, ne transpirait pas. Je le suivais en découvrant quelles étaient les plantes qu'il valait mieux ne pas toucher. Des épines affûtées comme des lames de rasoir ornaient des tiges grasses et vertes que je n'aurais plus jamais de mal à éviter, la première coupure étant suffisante pour changer la prudence en réflexe. Je me pliais pour éviter les branches sans rechigner, en observant avec détachement les réactions de mon corps et mon inaptitude dans cet environnement nouveau qu'il fallait apprivoiser. En arrivant en face du campement, j'avais déjà appris qu'il ne servait à rien de boire des litres d'eau, il valait mieux boire peu et souvent jusqu'à ce que mon corps s'habitue à la marche en forêt. Denis lançait un long sifflement en direction de la berge opposée et la silhouette de Kipando apparut. Il sauta dans la pirogue amarrée devant ce qui avait résisté à l'abandon, quelques bungalows et les ruines d'une case restaurant. Kipando devait mesurer 1 m 50, il portait un bonnet de laine bleu et blanc, une chemise marron en toile épaisse ornée du logo de la compagnie de safaris, mais surtout arborait un sourire immense ; il était sincèrement content de nous voir. Je devais faire avec lui une première visite et l'inventaire de ce qui restait sur place, programmer les achats à Moloundou, et surtout organiser avec des pêcheurs l'acheminement du matériel, tout d'abord celui que j'avais apporté avec moi, avec quelques provisions et mes affaires, qu'il fallait aller chercher en pirogue sur la Boumba, à contre-courant. Il faudrait pagayer longtemps pour retourner à la voiture. J'avais transporté depuis Douala un moteur pour le monter sur la grande pirogue que je louerais quelque part, et que nous utiliserions pour aller faire les achats « en ville ». Deux heures pour descendre la rivière jusqu'à Moloundou, un peu plus de quatre heures pour remonter vers le camp. C'était toujours plus court qu'en voiture par la piste.

Après quinze jours de travail, j'avais déjà perdu plusieurs kilos, et je ne transpirais plus comme à mon arrivée. Je m'étais installé dans une petite case en bois un peu à l'écart du campement, arrangée avec les moyens du bord pour que je puisse m'y doucher, ranger mes affaires et dormir sous une moustiquaire. En face de ma cabane, un arbre s'élevait si haut qu'il me faisait peur : j'imaginais la chute possible de cette cathédrale une nuit de grand vent. En forêt, on entend tout le temps des branches craquer, les arbres tomber. Celui-là avait bien du potentiel, isolé sur le sol meuble de la berge défrichée pour la construction des cases. Il devenait chaque nuit un véritable cauchemar car une chauve-souris géante et frugivore l'avait choisi comme point stratégique pour lancer un cri d'amour, sûrement irrésistible aux femelles de son espèce, mais terrible pour moi. C'était un hypsignathe monstrueux mâle, aussi nommé « roussette à tête de cheval », et même… « chien volant à tête de marteau ». Des noms évocateurs pour une chauve-souris de 1 mètre d'envergure, avec des yeux globuleux, un nez énorme dont l'arête est encadrée de poches gonflables, capables de faire résonner un cri surpuissant, une succession de « baaang » qui s'entend à des kilomètres, suivi d'une pause, et finalisé par une autre série de détonations plus rapprochées en guise de dernier vers. Les premiers me faisaient sursauter et, bien qu'averti de son arrivée imminente, la séquence finale aussi. Il recommençait ensuite cette torture jusqu'à l'aube. Je serais allé chercher moi-même la chauve-souris manquant à ses ébats amoureux si j'avais pu. Désespéré, les nerfs à vif, je sortais de mon lit pour l'éclairer, espérant qu'il s'envole draguer plus loin. Les gros yeux verts fluorescents dans le faisceau lumineux me permettaient de localiser mon tourmenteur, que j'observais avec mes jumelles. Tête en bas, suspendu à 20 mètres de haut, accroché à sa branche favorite. Au lieu de partir, il tournait son énorme tête, comme si je lui fournissais l'éclaircie providentielle au cœur des ténèbres pour voir mieux l'arrivée éventuelle d'une copine. C'était bien la première fois qu'un animal m'empêchait de dormir : même les rugissements des lions en Tanzanie ou les batailles de hyènes étaient pour moi de vraies berceuses.

Je m'en étais ouvert à Kipando et aux autres Pygmées qui avaient rejoint l'équipe, et cet aveu, fait innocemment pour justifier ma tête des très mauvais jours, les avait fait rire de bon cœur et me donner une réponse très inattendue :

« On pensait que tu aimais bien entendre la chauve-souris... Mais on ne peut pas dormir non plus... »

Nous avions été victimes de nos préjugés : les Pygmées me prenaient pour un fou et, de mon côté, je pensais qu'aucun son de la forêt ne pouvait déranger leur sommeil.

Quelques jours plus tard, le chien volant à tête de marteau était parti et je pouvais enfin dormir.

Je n'avais pas compris que la petite lampe torche qui avait agité sa lumière devant ma cabane, la nuit précédente, détectée dans mon demi-sommeil à travers le voile de la moustiquaire, était celle d'une expédition punitive et alimentaire organisée par Kipando, avec sa fronde et un éclaireur.

Ils n'ont pas attendu le petit déjeuner pour le faire griller. Ils me racontèrent en riant le récit de leur bon coup quelques jours après, alors que je me réjouissais, une tasse de café à la main, d'avoir dormi comme un loir. En rapportant cette histoire à un collègue, j'appris que l'hypsignathe monstrueux n'avait pas seulement un nom terrifiant, il était aussi porteur du virus Ebola.

Les semaines de chantier, d'achats, d'organisation et de recrutement ne m'avaient pas laissé une minute pour sortir du campement. J'avais fait le crépi du mess et peint une fresque, avec de la terre rouge, mélangée à de l'eau et du sel : un grand éléphant pour décorer le futur restaurant du *lodge*. Les travaux avaient bien avancé et j'avais embauché Séraphin, qui possédait une grande pirogue et un moteur en état de marche, pour faire les voyages à Moloundou.

Aller en forêt, c'était pour découvrir la zone et prospecter, savoir quels seraient les meilleurs endroits pour ouvrir de nouvelles pistes. Je profitais de l'avancée des travaux pour partir avec Kipando, Séraphin et Denis. Je n'avais aucune envie que ce dernier nous accompagne, mais je sentais au campement les tensions entre Pygmées et Bantous ; il s'était installé d'autorité dans la pirogue pour être du voyage et je n'avais rien dit. Nous allions voir une clairière fréquentée par des bongos, des buffles et des gorilles dont Kipando m'avait parlé, marcher aussi le long de la Boumba. Nous sommes partis au lever du jour et, comme chaque matin, nous croisions d'autres pirogues, celles des pêcheurs qui vendaient leur poisson à Moloundou. La sensation qui m'envahissait en remontant la rivière était délicieuse, le vent, les oiseaux que je pouvais apercevoir et les mystères de la grande forêt me faisaient rêver. J'étais heureux de sortir enfin du campement et je demandais à Séraphin de continuer à remonter la rivière pour profiter encore un peu de l'air et de l'ambiance. J'avais une carte et mon GPS, nous nous éloignions des villages et la frontière de la zone était encore très loin en amont.

« Là, c'est la limite. On ne peut pas aller plus loin. »

Denis m'avait tapé sur l'épaule en me montrant des rapides. Un affluent se jetait dans la Boumba et Séraphin, qui avait entendu, ralentissait déjà le moteur. La moitié de la rivière n'était pas navigable à cause des rochers, mais du côté d'un affluent il était tout à fait possible de passer. Comme nous étions loin de la frontière de la zone amodiée à la compagnie de safaris, j'ai pensé qu'il parlait des rapides.

« Mais non, regarde : on peut passer sur le côté et continuer !

– Non, c'est la limite de la zone, on n'a pas le droit, on ne peut pas aller plus loin. »

Son visage s'était soudainement fermé, dur, agressif. Il s'était braqué et je connaissais suffisamment les hommes en brousse pour savoir que la frontière de la zone n'était pas le problème. Kipando regardait ses pieds, Séraphin s'en foutait. J'étais sûr de moi, la limite de la zone, je l'avais sur la carte. Pour éviter toute discussion que je savais inutile à l'avance :

« Tu as raison. Mais les limites ont changé et je connais les nouvelles, c'est pour cela que nous allons passer les rapides avec la pirogue, et aller en forêt un peu plus loin. »

Séraphin trouvait facilement le passage et nous avons continué à remonter la rivière, mais dans la pirogue l'ambiance avait changé. Il y avait un traître parmi nous.

Chapitre 17

Quelques centaines de mètres après les rapides, Kipando me montra quelque chose en bordure de la forêt : une petite pirogue amarrée, à peine visible car elle était recouverte de branchages. Pourquoi les pêcheurs l'avaient-ils cachée ? Nous accostâmes pour aller voir. Quelques vêtements sur le sol, pas de filet, de machette ou de poisson. Un grand sac de farine était appuyé contre un arbre et je m'approchai pour l'ouvrir. Je trouvai plusieurs mains, mélangées à des morceaux de viande fumée, tranchées à l'articulation du poignet, les ongles et la peau noircis par le feu. Un frisson d'horreur me glaça le sang, je doutai de la réalité, et en regardant mieux je vis que ce n'étaient pas des mains humaines mais de chimpanzés. Voilà le premier contact que j'eus avec les grands singes en forêt. Le ballet des pirogues devant le camp n'était pas celui des pêcheurs, mais des trafiquants. Ils étaient là, tout près, cachés pour nous observer. C'est ce que me dit Kipando. La forêt est la seule ressource dont les Pygmées disposent pour nourrir leurs familles, rien à voir avec les cohortes de braconniers qui piègent et chassent pour un commerce illégal. C'était pour cette raison que Kipando m'avait montré la pirogue, que j'amarrai à la nôtre, avant de demander à Séraphin d'avancer jusqu'au milieu de la Boumba, bien en vue des braconniers. Je mis dans un autre sac les mains de chimpanzé avant de jeter un à un les morceaux de viande dans l'eau. En arrivant au camp, je montai la pirogue des braconniers sur la berge pour qu'elle se fende au soleil.

Voilà comment commença mon voyage dans les ténèbres. La grande forêt aurait pu tenir ses promesses si j'y étais entré dans un contexte différent. Le lendemain, je descendis à Moloundou pour aller au bureau des eaux et forêts alerter les écogardes. En arrivant je trouvai deux hommes assis dehors, en train de boire un coup sous le drapeau camerounais. Je me présentai et racontai mon histoire. Ils n'avaient pas de véhicule en état pour y aller. Ce n'était pas grave, je pouvais les emmener avec la pirogue. Ce n'était pas un hasard si, en remontant la rivière, j'avais croisé des braconniers dès ma première sortie, ils devaient être nombreux.

« Bon, on va s'organiser… Reviens dans dix ou quinze jours. »

J'allai jusqu'à la voiture chercher le sac pour le vider devant eux ; les mains roulèrent dans la poussière.

« Ce n'est pas moi, un étranger, un Blanc, qui vais protéger les chimpanzés à ta place. Fais comme tu veux. Mais je me souviendrai de ta réponse. »

Les nouvelles vont vite en brousse. En arrivant sur le marché, l'après-midi, je compris vite que j'étais suivi par un homme assez jeune, vêtu d'un pantalon noir, d'une chemise rouge, les yeux cachés derrière des lunettes de soleil hexagonales. Je ne sais pas s'il voulait passer inaperçu mais si c'était le cas, il n'était pas très doué. Ce petit manège m'agaçait et je profitai qu'il soit devant l'un de mes fournisseurs pour passer près de lui en jetant le regard le plus froid et agressif dont j'étais capable. Il parut sursauter et lorsque je sortais du magasin, il me demandait s'il pouvait me parler.

« Pardon, je suis très pressé…

– Vous devez vous arrêter, je suis de la sûreté nationale.

– Peut-être, mais je ne m'arrête pas parce qu'un inconnu m'interpelle dans la rue, encore moins s'il prétend être de la police et que rien ne me le prouve. »

Il sortit une carte de sa poche, d'apparence officielle et en mauvais état, en me disant qu'il était commissaire. Je m'approchai pour lire. Il était écrit « inspecteur ».

« Vous m'avez dit commissaire, c'est écrit inspecteur. Si vous êtes vraiment de la sûreté, il va falloir qu'un supérieur hiérarchique me contacte et qu'il m'explique pourquoi vous vous êtes présenté en me donnant un grade plus élevé. »

J'étais à cran et je n'avais pas envie de me laisser mener en bateau. Sa façon de me suivre me rappelait les harcèlements et menaces que nous recevions après le décès de mon grand-père. Il avait touché sans le savoir ma corde sensible : depuis cette époque je réagissais de façon très agressive, violente si on me poussait, aux tentatives d'intimidation. Il essayait de répondre en baissant le ton, tout en gardant une posture autoritaire, mais il n'était plus aussi sûr de lui.

« Je sais que vous êtes venus pour travailler avec les safaris. Je suis le chef à Moloundou et je voudrais vous parler, des pêcheurs se sont plaints que vous leur avez volé une pirogue.

– C'étaient des braconniers, ils ont tué des chimpanzés. Ils peuvent venir me voir au camp s'ils veulent récupérer leur pirogue. Les mains de chimpanzé, je les ai déposées ce matin à la direction des eaux et forêts, où ils peuvent aller aussi, s'ils le souhaitent. À bientôt. »

Je continuai mes achats, ma rage augmentait encore et je me foutais complètement des conséquences de mes actes. De retour au camp, j'essayais de me convaincre qu'il ne s'agissait que d'un épisode malheureux, il fallait continuer mon travail, il y avait de belles choses à faire. J'avais apporté avec moi une caméra-piège, pour photographier les animaux qui venaient sur les salines ; j'espérais trouver des gorilles et, avec un peu de chance, aussi des éléphants.

Quelques jours plus tard, je programmai une autre sortie en forêt. Une petite équipe ouvrait une piste qui longeait la Boumba depuis le camp, sur la rive gauche ; il y avait quelques milliers d'hectares de forêt primaire complètement vierge. La canopée jouait son rôle, cette zone n'avait jamais été exploitée et la forêt ressemblait à ce que j'imaginais, avec une sous-couche de végétation légère qui permettait de voir loin et de marcher facilement. Les exploitations forestières avaient modifié au cours du siècle ce paysage, car même s'ils ne coupaient que certaines essences, cela permettait aux rayons de soleil d'atteindre le sol, créant des régénérations si denses que l'on ne pouvait pas y entrer sans machette. Il fallait environ une heure pour avancer de 800 mètres à pied dans ce genre d'environnement, qui servait de refuge aux gorilles, bongos et éléphants. Nous sommes repartis en pirogue et, après avoir déposé l'équipe d'ouverture de pistes, nous avons remonté la rivière à nouveau, passant le camp des braconniers, les chutes, pour arriver sur un autre affluent de la Boumba. Nous étions bien loin du campement, de Moloundou et je laissais mes soucis derrière moi en commençant la marche de prospection. Cette petite rivière était magnifique, je marchais dans son lit de gravillons colorés pour éviter la végétation dense de la berge. Après une petite heure, la forêt avait changé de visage, on pouvait entendre une véritable symphonie et je vis mes premiers nids de chimpanzé. Ils construisent d'énormes plateformes de feuilles dans les arbres pour passer la nuit. Je commençais à me sentir dans mon élément et apaisé en voyant ma première trace de gorille. En suivant les empreintes, un éclat métallique et doré attira mon attention. C'était une douille de 7,62. Une cartouche de kalachnikov qui avait été tirée récemment, pas encore verdie par l'oxydation. Je montrai ma découverte à Kipando. Nous continuâmes notre marche, cette fois sur une petite coulée tracée par les animaux le long de la rivière. Rapidement, nous trouvâmes une autre douille, cette fois de calibre 12, et des traces d'hommes. Nous progressions en silence, très lentement, jusqu'à découvrir le camp des braconniers. Il fallait désormais vraiment faire attention, la cartouche de Kalachnikov avait peut-être été tirée par eux. Kipando et moi nous cachâmes pendant une bonne demi-heure sans rien entendre ; les braconniers devaient être à la chasse et il n'y avait personne au bivouac. Je pris le point GPS et nous abandonnâmes la prospection.

Les écogardes ne voulaient pas se mouiller et la découverte de la douille de kalachnikov m'avait fait prendre conscience de la gravité du problème. Je n'avais aucune connaissance, pas d'appui ou de recommandation pour savoir à qui m'adresser et, en désespoir de cause, j'atterris sur la base militaire du bataillon d'intervention rapide, une unité d'élite camerounaise. J'ai toujours éprouvé un grand respect pour les militaires et, sans les connaître, j'entrai sur la base comme dans un refuge. Je voulais de l'aide, et un peu d'espoir.

« Mes respects, mon commandant. Merci de me recevoir. »

Dans le bureau, je découvris un homme grand, fort, d'une cinquantaine d'années, qui m'apparut ouvert, calme et attentif. Je lui racontai naïvement ce dont j'avais été témoin, les camps de braconniers, les mains tranchées, la douille de kalachnikov, l'indifférence des écogardes. Je lui décrivis le projet de safaris-photos que nous voulions mettre en place, l'importance de la sécurité sur la zone, que ce soit pour les animaux, les habitants ou les futurs touristes qui viendraient dans cette région abandonnée malgré tout son potentiel. Ma promesse de ne pas me mêler de lutte antibraconnage avait fait long feu. C'étaient l'indifférence des deux écogardes qui n'avaient pas lâché leurs bières lorsque j'avais vidé le sac devant eux, la trahison de Denis, un trafiquant infiltré qui avait essayé de m'empêcher de voir le premier camp de braconniers, dont il connaissait parfaitement l'emplacement, le sentiment d'impuissance et de révolte. J'aurais pu m'en foutre, sachant qu'après quelques mois je partirais de ce pays, de cette région maudite. Mais j'avais un problème de conscience.

Comment pouvais-je travailler à bâtir quelque chose, parler de protection de la nature, si je ne faisais rien, pas un seul geste ? C'était trop, j'oubliai les safaris, les conflits ethniques entre Pygmées et Bantous dont j'avais été témoin au campement. Je me concentrai sur les animaux, si je ne pouvais pas les voir avant de partir, je me vengerais de la déception et de mon rêve brisé. Il aurait fallu que je connaisse bien mieux cette région pour faire quelque chose d'utile. La forêt était devenue pour moi un enfer, je ne comprenais même pas l'intérêt pour la compagnie de safaris d'ouvrir un campement sur la Boumba ; les moyens financiers et humains pour exercer une bonne influence, créer une énergie positive et une collaboration me paraissaient hors d'atteinte. Finalement on m'avait balancé, pour quelques safaris, dans un bourbier dont l'ampleur me dépassait complètement. C'est en tout cas ce que je ressentais.

Le commandant me donna une équipe de cinq hommes. Je parvins à ce qu'il accepte mes conditions. Je guiderais moi-même le commando. J'avais peur d'un dérapage, ne connaissant pas leur état d'esprit ou leurs intentions, et je pensais que ma présence éviterait une bavure ou des excès.

Je profitai du voyage en pirogue pour interroger les cinq soldats, en usant de toute l'expérience que j'avais acquise en Afrique pour créer un lien de confiance entre nous. Ils étaient calmes et souriants, pas des têtes brûlées, ce qui me redonna un peu d'espoir quant à la bonne mesure nécessaire à notre action. Nous avions prévu d'arriver sur place vers 10 heures du matin, pendant que les braconniers étaient à la chasse, afin de monter une embuscade. J'allumai mon GPS en arrivant sur la petite rivière que nous allions remonter. Notre cible était à 2 kilomètres en forêt.

Comme nous l'avions espéré, le campement était désert. Kipando et moi allâmes nous cacher entre les abris en bois, le fumoir recouvert de viande et la petite rivière. Les militaires se répartirent aux alentours pour fermer la nasse. Nous n'eûmes pas à attendre longtemps. Deux heures plus tard, nous entendions les voix des braconniers qui rejoignaient leur base ; ils discutaient tranquillement, visiblement pas inquiétés par les patrouilles éventuelles d'écogardes. Lorsque deux hommes pénétrèrent dans le camp, les soldats surgirent devant eux, arme en joue en leur disant de se jeter à terre. Au lieu de s'exécuter, les braconniers tentèrent de faire demi-tour pour s'enfuir, mais furent rapidement immobilisés et bâillonnés. Il y avait trois lits dans le campement : il en manquait donc un. Quelques minutes après, j'entendis quelqu'un approcher par la rivière et fis signe aux soldats le plus discrètement possible, mais ils étaient occupés à maintenir les prisonniers et ne faisaient plus attention à nous. Kipando et moi n'avions rien pour nous défendre et nous étions juste à côté de l'homme qui montait déjà de la rivière vers le campement. L'un des soldats entendit finalement lui aussi les pas dans l'eau et s'agenouilla, l'arme en joue. Le braconnier le vit ; un saut en arrière suffit pour le faire disparaître. Le militaire lui cria de s'arrêter, accompagnant l'ordre d'un coup de feu en l'air qui n'eut aucun effet. Nous avions déjà le calibre 12, mais il manquait la kalachnikov. Le troisième s'était enfui, il ne portait apparemment pas d'arme, mais les soldats du commando pensaient qu'il l'avait cachée en forêt. Nous rejoignîmes le campement, les deux braconniers mains liées dans la pirogue. En arrivant à la base, après notre rapport sur l'opération, le commandant me remercia et me dit qu'il envoyait immédiatement une autre équipe pour monter une embuscade à l'entrée du village de Goumela, dont étaient originaires les braconniers que nous avions attrapés.

Les jours suivants, je continuai les préparatifs de la saison, la décoration du lodge que nous avions terminé et l'ouverture des pistes. Il ne me restait que quelques semaines de travail ; je ne m'étais pas engagé pour la saison complète, mais seulement pour l'ouverture de la zone et un seul safari de chasse au bongo. Les hommes que j'avais envoyés à Moloundou revinrent avec des nouvelles, deux enveloppes à mon nom. La première était envoyée par le commandant des BIR, qui m'annonçait que le troisième braconnier avait été intercepté en forêt, à quelques kilomètres du village et avec sa kalachnikov. La seconde était une convocation à Moloundou, signée du sous-préfet. Je ne savais pas ce qui la motivait, et je m'y rendis le lendemain. Je cherchai un peu dans le village le bâtiment que je ne connaissais pas. Lorsque je me présentai à l'accueil et avant que je puisse dire un mot, une porte s'ouvrit et l'inspecteur de la sûreté nationale, aux lunettes octogonales, apparut. Il me fit entrer dans son bureau, absolument vide. Il y avait juste un dossier posé devant lui ; pas d'ordinateur, d'imprimante, rien d'officiel, pas de trace de travail.

J'attendais qu'il parle, il prenait son temps, soulevait le petit dossier pour le feuilleter sans que je puisse en apercevoir le contenu éventuel, le refermait, et commençait bientôt un grand discours quant à l'importance de notre réunion, et surtout la sienne. Il se présentait comme un agent secret, avec l'intention de me faire comprendre à quel point il avait mal pris mon manque de considération lors de notre premier contact. Après ce préambule, il en vint à une série de questions toutes plus absurdes les unes que les autres ; il s'imaginait peut-être que j'étais un espion ou un fauteur de troubles, c'est en tout cas ce que je ressentis. La première question était la meilleure :

« Est-ce que vous connaissez Valéry Giscard d'Estaing ?

– Non, pas personnellement.

– Mais vous savez qui c'est ?

– Oui, heureusement, je suis français. »

Cet interrogatoire était désagréable, ubuesque, et je lui demandai pourquoi il m'avait fait venir.

« Les pêcheurs ont retiré leur plainte. Grâce à moi… vous comprenez ? Je ne voudrais pas qu'il vous arrive quelque chose. J'ai su que vous aviez attrapé des braconniers sur la zone avec les BIR.

– Le commandant a bien voulu envoyer une patrouille sur un camp que j'ai découvert, ce que j'ai beaucoup apprécié compte tenu du fait que les écogardes n'ont pas voulu m'aider. Vous trouvez normal que la zone de réserve et de parc national soit envahie de braconniers armés de kalachnikov ?

– Ici, au Cameroun, vous devez faire attention. Il vaut mieux ne pas vous en mêler. Et puis vous êtes seul au camp. Je ne voudrais pas qu'on vous retrouve la gorge tranchée. »

La façon dont il avait prononcé ces mots, lentement, avec un léger sourire et en me regardant bien en face ne me laissait pas de doute quant au fait qu'il s'agissait d'une menace.

Je le remerciai en lui demandant si je pouvais faire autre chose pour lui, j'avais beaucoup de travail et s'il n'avait rien d'autre à me dire, je devais rentrer au camp.

« Non, vous pouvez partir, mais on se reverra bientôt. »

Je ne le reverrais jamais, je le savais car mon séjour allait se conclure par un safari sur une autre zone. J'avais déjà organisé mon départ et je n'avais averti personne. Pendant ce safari, j'aperçus, traversant la piste une ou deux fois, des familles de gorilles. Le braconnage, la corruption, l'ambiance eurent raison de ma motivation. Peut-être que si j'étais arrivé au Cameroun quelques années plus tôt, mon point de vue aurait été différent. Mais comme dans beaucoup d'endroits, on dirait que c'est déjà trop tard, que la nature ne résiste pas à la marche des humains. J'ai vu des hommes usés par la forêt dans cette région, qui s'obstinaient à y travailler, qui disaient l'aimer aussi. J'ai regretté que la forêt ait été pour moi une immersion dans les ténèbres. Mais ils avaient raison, c'est très beau.

Chapitre 18

Tout a commencé par un film documentaire sur les cerfs de Chambord, que mon grand-père avait à la maison et que je regardais souvent. J'étais fasciné en découvrant le son caverneux et puissant du brame, les combats d'une violence inouïe qui éclatent et résonnent dans la forêt. Les grands mâles utilisaient le poids de leur ramure pour insuffler un élan imparable à leurs mouvements. En regardant ces images, je ressentais tant d'admiration pour la force et l'élégance du monde sauvage que je voulais devenir cerf à mon tour. Les jours suivants, je courais dans le jardin en bramant, une ceinture élastique autour de la tête, pour maintenir deux branches soigneusement choisies pour parfaire mon déguisement. J'essayais d'imiter de mon mieux les animaux et je me transformais aussi en panthère, tant les allures des félins, développées en extensions souples, me transportaient. Après quelques années, j'ai compris que mes jeux étaient liés à un désir souvent caché au fond du cœur humain : celui de s'approprier un peu la force et la beauté des animaux. L'hommage ancestral du chasseur envers la proie est teinté de reconnaissance et de culpabilité. Reconnaissance pour la viande dont il peut se nourrir, culpabilité d'avoir ôté la vie en usant d'intelligence, afin de compenser les faiblesses de son corps et de ses sens. C'est cette conscience qui entre autres choses, nous différencie des animaux. Ces sentiments devaient être d'autant plus forts chez les premiers hommes que leur vie était intimement liée à celle des animaux sauvages. En chassant, ils récoltaient bien plus que de la nourriture. On peut imaginer la tendresse du lien qu'ils entretenaient avec les grands mammifères, grâce aux dessins sublimes qu'ils nous ont laissés en témoignage. L'artiste, debout dans la grotte, regardait la surface qu'il voulait peindre onduler à la lumière du feu. Il cherchait à reconnaître sur la paroi un volume en forme d'épaule, un creux rond comme un œil ou une ligne droite comme le chanfrein d'un cheval. Il n'avait besoin que d'un seul indice pour voir apparaître l'animal tout entier. Il se penchait alors vers le feu pour ramasser un morceau de charbon. La peau séchée qui lui recouvrait le torse craquait comme du carton. Il se rapprochait de la paroi pour retrouver le détail qui avait attiré son regard. Une rafale de vent glacé s'engouffrant dans la grotte pouvait faire changer la lumière et il devait rester debout, immobile et patient, comme à la chasse, son fusain dans la main, pour retrouver le premier trait de son dessin. Le feu qui reprenait un peu d'ardeur lui dévoilait à nouveau l'emplacement recherché. Il approchait sa main, patinée par le sang séché, les pigments et la taille de silex, puis dessinait avec délicatesse et précision, soutenu par la pierre amie. En s'éloignant un peu, il confirmait que le volume souligné de noir était bien le détail savoureux et expressif de l'animal apparu un instant dans son esprit. Il pensait à la silhouette de sa proie, alors qu'il l'observait quelques jours plus tôt, allongé dans l'herbe humide aux premières lueurs du jour. Lorsqu'il traçait le garrot d'un seul mouvement, c'est la mémoire de sa main qui faisait le travail. Après la chasse, il avait souvent caressé l'encolure de l'animal, suivi la ligne charnue qui se cassait légèrement pour s'arrondir ensuite sur l'os. Aucun trait n'était improvisé, tout était dessiné par l'expérience de la vue et du toucher car le contact physique du chasseur avec sa proie donnait corps à l'observation.

En imaginant ce peintre dans sa caverne, je pense aux liens que nous avons développés avec les animaux au cours des millénaires qui ont suivi. Il existe une exception extraordinaire à l'animal chassé ou domestiqué, une collaboration unique qui s'appuie sur un lien de confiance construit avec un animal sauvage sans pervertir son caractère. Un lien intelligent, symbolique et merveilleux. Cette aventure de l'amitié entre un humain et un animal sauvage a dû débuter un peu de la manière suivante.

Il y a quelques milliers d'années, un homme marchait seul dans la toundra. Son arc à la main, il avançait péniblement sur un sol alourdit par le dégel. Son clan ayant été décimé, il avait été contraint de marcher vers le nord, toujours plus loin. Il avait laissé les forêts derrière lui et se réfugiait dans ces immensités qui laissaient voir un ennemi approcher de très loin. La peur qui lui nouait les tripes avait peu à peu laissé place à une faim tenace. Les grands mammifères qu'il pouvait approcher dans les bois avaient disparu avec les derniers arbres. L'arc était son seul moyen de subsistance. Il savait quelles étaient les meilleures essences de bois pour le tailler, renforcer les branches et tresser la corde avec des tendons élastiques et résistants. Il excellait dans la fabrication de lames de chasse en silex. Il savait aussi que la flexibilité et la longueur des fûts influaient sur le vol de ses flèches. Quelques plumes bien choisies parmi les grandes rémiges trouvées au printemps, alors que les oiseaux étaient en mue, stabilisaient son projectile. Lorsqu'il réussissait son approche, peu de mammifères lui échappaient. Après les combats et ses dernières chasses, il ne lui restait que trois flèches, deux dans le carquois en peau qui pendait à son épaule et une autre, encochée, qu'il maintenait appuyée sur l'arc de son index tendu. Des oiseaux décollaient devant lui et il avançait lentement dans la plaine inondée, prêt à faire voler une flèche sur celui qu'il pourrait découvrir au sol avant qu'il ne décolle. Il n'y parvenait jamais. Ces échecs le rendaient impatient et il accélérait le pas malgré lui. Une pluie fine voilait l'horizon quand un oiseau plus gros s'envola. Ses plumes alourdies par l'eau le ralentissaient et il battait des ailes en projetant autour de lui une auréole de gouttelettes. L'homme avait bien trop faim pour résister à cette tentation et il décocha vite, sa main d'arc tendue vers l'oiseau qui semblait suspendu à quelques mètres. La lame de silex passa si près du corps qu'elle fit voler des plumes. Alors que la proie s'éloignait, le projectile continua son vol dans une longue courbe descendante, puis disparu dans l'herbe avec un son mat. L'homme avait raté son gibier et peut-être perdu l'une de ses dernières flèches. En rejoignant l'endroit où la terre avait avalé son bien, ses pieds s'enfonçaient dans la tourbe. Il tomba à genoux, les mains en avant pour palper la boue froide. Le poids de la pointe en silex avait fait son œuvre, mais pas dans le corps du gibier convoité. Il resta assis longtemps, immobile et désespéré, le regard éteint par l'épuisement et la faim, fixé sur le carquois qui contenait ses deux dernières chances de survie.

Le froid le poussa à se lever et il se remit en marche, alourdi par le malheur et la boue. Il se laissa dériver sur la plaine en cherchant un relief de terrain pour passer la nuit au sec. Il avait parcouru une centaine de mètres lorsqu'il fit décoller à nouveau le même oiseau. Il put le reconnaître car il lui manquait quelques plumes à l'aile, tout près du corps. Alors qu'il suivait du regard l'oiseau rond et rapide, un son extraordinaire se fit entendre, comme une vibration soutenue par un léger sifflement qui envahissait l'atmosphère. En levant les yeux, il découvrit un objet noir, en forme de goutte, qui traversait le ciel et tombait comme une étoile filante vers la terre. Sa trajectoire changea juste avant de percuter le sol pour remonter vers le lagopède qui continuait son vol rectiligne. Il y eut un choc d'une violence telle que l'oiseau paru éclater dans un nuage de plumes, avant de retomber lourdement sur le sol. Le faucon remonta haut dans le ciel, entraîné par l'énergie accumulée par son attaque en piqué pour descendre à nouveau, les ailes et la queue cette fois grandes ouvertes. En quelques courbes douces et silencieuses, qui contrastaient avec l'attaque en piqué, il se posa avec la légèreté d'une feuille sur sa proie, tuée sur le coup. L'homme tomba à nouveau à genoux mais, cette fois, il ne sentit plus la boue froide et la faim qui le faisaient souffrir. Il ne se rua pas vers le prédateur comme il l'aurait fait auparavant pour lui voler son butin, il voulait au contraire disparaître aux yeux du faucon en restant immobile, étonné par la puissance de cette scène qui l'avait distrait de son malheur. Après quelques instants à observer les alentours, le rapace commença à manger. À chaque coup de bec, des plumes dérivaient comme des flocons dans la brise légère. La nuit tombait et il s'envola en battant puissamment des ailes pour compenser le poids de la viande tassée dans sa gorge. Notre ancêtre put goûter à la chair tendre du lagopède et il est probable qu'il dormit beaucoup mieux ce soir-là. Une idée nouvelle avait germé dans son esprit. La puissance et l'habileté du faucon lui permettaient de chasser une proie si grande qu'après s'être rassasié il restait beaucoup de viande. La solitude de notre ancêtre l'avait peut-être rendu plus sensible encore à l'intervention salvatrice du rapace et, lorsqu'il découvrit l'aire toute proche, il décida de rester dans les parages. Il put sauver un jeune faucon qui avait raté son envol et s'était retrouvé au sol. Il l'avait perché sur son poing. L'oiseau s'était vite habitué et ils allaient de compagnie dans ce froid paysage, offrant une silhouette et une histoire toute nouvelle dans la nature. Avant qu'il ne commence à voler, l'homme était devenu son ami et partageait les quelques animaux qu'il avait piégés avec l'oiseau, nourrissant le rêve de le voir chasser avec lui un jour.

Le printemps offrit des oiseaux faciles à attaquer pour le jeune faucon, qui volait d'amont, suivant notre ancêtre qui, lui, levait le gibier. Ce qui s'était produit avec le faucon sauvage n'était pas dû au hasard : aujourd'hui encore les faucons profitent du renard qui fait décoller une perdrix ou un marcheur, sans même s'en rendre compte, fait voler les grives le long d'une haie et sert ainsi des proies au discret épervier. Il aura fallu beaucoup de chance, de patience et d'observation à l'homme pour comprendre comment soigner et chasser avec le faucon, mais il avait suffisamment de connaissances pour lui servir bien les proies et développer ainsi le pilier de cet art : la confiance.

Alors que j'écris ces lignes, le jour commence à se lever. À côté de moi, posé sur sa perche à rideau, Géricault, mon faucon pèlerin, attend paisiblement l'heure de partir à la chasse. Nous allons voler les perdrix rouges ensemble dans une plaine andalouse chaque matin. Lorsqu'il réussit un beau vol et capture sa proie, je prends le temps de le poser au soleil, sur un rocher, contre une colline couverte d'oliviers. Je fume une cigarette en regardant le pèlerin fier et heureux de profiter de la lumière d'hiver, et je me sens moins seul. Je sais que Géricault ne part pas vivre sa vie de faucon sans moi, bien qu'il en soit capable, parce que je le sers tous les jours. Il s'agit plus aujourd'hui de ma survie que de la sienne. J'ai été sauvé par un faucon, exactement comme mon ancêtre, qui a continué sa marche grâce à cette merveille de la nature. Ce lien avec les animaux sauvages est bon pour notre cœur. Aujourd'hui, je contemple mon pèlerin lorsqu'il monte à l'essor. Je ne ressens plus les doutes et les douleurs du passé. J'aimerais réussir un jour à partager ces émotions. Le rugissement d'un lion à quelques mètres, le faucon pèlerin qui traverse le ciel comme une étoile filante, la charge de l'éléphant. Grâce à Géricault, j'ai retrouvé la confiance. Les éléphants sont loin mais en remontant le temps, en cherchant bien, j'ai compris que le paradis ne s'arrête pas au bord du Mbaragandu. Je me demande juste qui célébrera et se rappellera les éléphants, les faucons et tous les êtres du jardin d'Éden après l'avoir abandonné, ou si à force de le détruire nous en sommes chassés.

Remerciements

Qu'il me soit permis ici d'exprimer ma gratitude à l'écrivain et voyageur Sébastien de Courtois, pour son indéfectible amitié, son soutien, ses conseils et encouragements depuis tant d'années.

A mi amigo halconero Ignacio Moncada, por Géricault, y todo lo que siguió…

À Manuel Carcassonne, pour son énergie et sa confiance.

À Paloma Grossi pour ses conseils et relectures.

Cet ouvrage a été composé
par PCA
et achevé d'imprimer sur Roto-Page en septembre 2023
par l'Imprimerie Floch à Mayenne
pour le compte des Éditions Stock
21, rue du Montparnasse, 75006 Paris

PAPIER CERTIFIÉ

Stock s'engage pour l'environnement en réduisant l'empreinte carbone de ses livres. Celle de cet exemplaire est de :
500 g éq. CO_2
Rendez-vous sur www.editions-stock-durable.fr

Imprimé en France

Dépôt légal : octobre 2023
N° d'édition : 01 – N° d'impression : 103281
10-51-1272/7